JN306291

私にすべてを、捧げなさい。

草凪　優　八神淳一
西門　京　渡辺やよい
櫻木　充　小玉二三
森奈津子　睦月影郎

祥伝社文庫

目次

タフガイ柳田《やなぎだ》の憂鬱《ゆううつ》——『俺の女社長』外伝

草凪　優

著者・草凪《くさなぎ》　優《ゆう》

一九六七年東京生まれ。二〇〇四年『ふしだら天使』でデビュー。一〇年『どうしようもない恋の唄』（祥伝社文庫）で「この官能小説がすごい！」大賞を受賞。新刊は、今作にも出てくる美人過ぎる女社長鶴谷愛子に柳田が放ったスパイ・三上が彼女のもう一つの貌《かお》を知り、倒錯的な愛を交わす『俺の女社長』。

1

眼を覚《さ》ますのはいつも朝勃《あさだ》ちのせいだ。

カチンカチンになったイチモツが苦しくて、眠っていられなくなる。

五十の峠《とうげ》をとっくに越えているのに、柳田高広《やなぎだたかひろ》の朝に朝勃ちがなかったことはない。我ながらタフだと思う。だいたいゆうべは、新町《しんまち》の高級クラブに入ったばかりの新人ホステスとホテルに行った。枕営業の性教育だ。あの店の新人は、たいてい柳田が最初に味見する。二十七歳のシングルマザーだが、そのぶん性技がこなれていて、とくにフェラチオは絶品だった。帰り際、ドレスでも新調するように十万円渡してやると、涙を流して喜んでいた。

それだけではない。

家に帰ってきたら帰ってきたで、妻を抱いた。三番目の妻である祐未《ゆみ》は三十五歳。ひとまわり以上年下だが、小柄なせいもあり、実年齢よりずっと若く見える。美人というより可愛《かわい》いタイプで、ベビードールがよく似合う。柳田は外で遊んできた日は、かならず妻を抱くことにしている。それができなくなったら、浮気をする資格がなくなったということだ。幸い、感じやすい祐未の抱き心地《ごこち》は最高で、どんなに疲れていても、柳田を奮いたたせてくれる。

その翌日にもかかわらず、朝勃ちである。隣で寝ている祐未のほうが、精根尽《つ》き果《は》てているように見えるのがおかしい。

今日は土曜だが、S市でいちばんの建設会社の副社長である柳田に、のんびりしている暇はない。シャワーを浴びると、自分で朝食を準備して食べた。朝食はいつもそうだ。コーヒーの淹《い》れ方にも、トーストの焼き加減にも、柳田にはこだわりがある。コーヒーは苦く濃く、トーストは焦《こ》げる寸前まで焼かなくては嫌なのだ。祐未が一緒だとフルーツヨーグルトやスムージーを出してやるが、柳田は口にしない。そんな男らしくないものを食べるくらいなら、生卵でも飲んだほうがずっとマシだ。

午前九時、会社のハイヤーが自宅まで迎えにきてくれる。

今日の予定は結婚式をふたつばかりハシゴして、夕方から地元代議士のパーティである。ゴルフがないぶん、体力的には楽だと言っていいけれど、アルコールの抜けない一日になりそうだ。

いつものことだが、結婚式は感動的である。その後の披露宴は退屈《たいくつ》なことが多いが、新婦入場ではたいてい目頭が熱くなる。純白のウエディングドレスに身を包み、真っ赤なヴアージンロードを歩いている花嫁の姿に泣ける。柳田には娘がいないので、思いだすのは妻のことだ。最初の妻と結婚したのは二十四歳のとき、地元でいちばんの結婚式場で盛大に式を挙げた。二番目の妻ともそうだった。しかし、祐未とのときは、柳田が五十をすぎており、三回目の結婚ということもあって、セブ島でふたりきりの結婚式になった。あれはあれで楽しい思い出だが、祐未にすれば少し淋《さび》しかったかもしれない。本当は、こんなふうに大勢の人の前でヴァージンロードを歩き、聖壇の前で待つ自分のところにやってきたかったのではないだろうか。

「……んっ？」

あふれた涙をハンカチで拭《ぬぐ》っていると、ヴァージンロードを挟んだ向こう側の席で、女が派手《はで》にしゃくりあげはじめた。知っている女だった。知っているどころか天敵だ。柳田が副社長を務めている〈鶴組《つるぐみ》〉の社長、鶴谷《つるや》愛子《あいこ》である。

といっても、まだ三十歳の若さである。三カ月前、彼女の父親である二代目社長が急《きゅう》逝《せい》してしまったため、三代目の椅子《いす》に座ったのだ。

あり得ない話だった。

柳田は先代社長の右腕として身を粉にして働き、こう言ってよければ、汚れ仕事全般を引き受けていた。必要があれば、金を使って役人を抱きこみ、公共事業の仕事をとった。

政治家にも警察にも街の有力者にも、きっちりと太いパイプをつくりあげ、悪事がめくれるようなヘマはしなかった。

表だってリーダーシップを発揮《はっき》していたわけではないが、ある年齢以上の社員は、柳田の実力を認めていた。「影の社長」と呼ばれることさえあり、二代目が急逝したときには、誰もが柳田が三代目の椅子に座ると思っていたはずだ。

にもかかわらず、それまで海外のNGO法人で働いていた鶴谷愛子が戻ってきて、三代目に就任してしまったのである。鳶《とんび》に油揚げをさらわれた格好だった。もちろん創業者一族の意向である。柳田は創業者社長を尊敬していたし、二代目社長とは義兄弟のような間柄だったが、我が世の春を謳歌《おうか》しつづけた一族の人間は馬鹿ばかりだった。右も左もわからない小娘を三代目に据《す》えて、会社の屋台骨が傾いたらどうするつもりなのだろう。

実際、愛子は世間知らずのお嬢さまだった。

最初の役員会議で「クリーンな会社を目指しましょう」と宣言されたときには、笑ってしまいそうになった。あんたがなに不自由なく育てられたのは、俺が汚い手を使って同業他社の足を引っぱり、賄賂《わいろ》と談合で仕事をまとめてきたからだと言ってやりたかった。宣言するだけならべつにいいが、不透明な経費の使い道を徹底的に洗いだすとまで言われると、笑っていることはできなくなった。

とりあえず様子を見ることにしたが、問題は愛子の容姿だった。

一点の曇《くも》りもない美人なのだ。

黒髪のベリィショートに白い小顔、目鼻立ちのくっきりした顔をきりりと引き締め、スタイルも抜群――女に対して眼の肥《こ》えている柳田から見ても、ここまで完成度の高い美人は見たことがなかった。

ただそこにいるだけでまわりの視線を集め、すれ違えば誰もが振り返る。

いまだってそうだった。つい先ほどまで、参列者の視線は聖壇の前にいる花嫁に集中していた。しかし、愛子が泣きはじめると様相が一変した。新郎と新婦が誓《ちか》いのキスをしようとしているというのに、誰もがチラチラと愛子を見ている。ピンクベージュのサテンのドレスに身を包んだ愛子は息を呑むほど麗《うるわ》しく、一世一代の花嫁衣装を着ている新婦を霞《かす》ませてしまう。

その美しさを武器に、愛子は社内で人気を集めだしている。主に若い社員の間でだが、このまま放っておくとあなどれない存在になるかもしれない。そうなってからでは遅い。

そうなる前に、なんとか手を打たなければ……。

まず考えたのが、愛子を手懐《てなず》け、抱きこむことだった。

柳田は自分のことを、裏方にいるほうが力を発揮できる人間だと思っている。こちらが脚本を書き、演出をし、プロデュースする作品に、愛子が主演してくれるなら、それはそれで悪くはないと考えた。

しかし、愛子を手懐けるのは容易《ようい》ではなかった。

相手が男なら、柳田は手懐ける方法を熟知している。高級クラブで酒を飲ませ、綺麗な女をあてがえばいい。困ったことには人脈を駆使《くし》して便宜《べんぎ》を図《はか》り、あとは袖《そで》の下でだいたい片がつく。

だが、相手が女となると……。

それも、金には困っていないお嬢さまで、欲というものをまったく感じさせず、澄《す》んだ瞳をキラキラと輝かせて「クリーンな会社を目指しましょう」と語る彼女を、どうやって懐柔《かいじゅう》していいかわからなかった。

2

夕方、地元代議士のパーティに参加した。

隣街にある格式の高いホテルの大広間だ。選挙が近いせいで、ずいぶんと力の入ったパーティだった。立食の会場に、三百人はいそうである。

柳田は知りあいに挨拶《あいさつ》してまわり、スピーチをこなして、万歳三唱《ばんざいさんしょう》のときはいちばん前で大声とともに両手をあげた。昼から披露宴で酒を飲んでいたので、いささか酔っていた。景気づけにはそれくらいのほうがいいだろうと思ったが、さすがにパーティ後半はスタミナが切れてきた。

最初の結婚式で愛子を見たせいで、今日は一日ずっと気分が晴れなかった。あの女のことを考えると、強烈な無力感に襲われる。仕事は実力だ、と思う。彼女にS市でナンバーワンの建築会社を支える実力はない、とも思う。

だがその一方で、人の上に立つために生まれてきたような、天性の器量を感じずにはいられない。この人のために働きたいと思わせるなにかが、彼女にはたしかにある。ひと言で言えば、ピュアさのようなものだが、残念ながら柳田には、それだけがすっぽりと欠けていた。

「お久しぶりです」

声をかけられ、振り返った。女が立っていた。一瞬ドキリとしてしまったのは、彼女が濃紺のタイトスーツにハイヒールというでたちだったからだ。愛子がいつも会社で着ているものに似ている。正確に言えば愛子はいつもパンツスーツで、スカートではないのだが、ご丁寧に髪型まで似たような黒髪のベリィショートだった。

もちろん別人だ。

「キミは……清香《きよか》ちゃんか……」

柳田は古い記憶をまさぐりながら、苦笑した。以前、馴染《なじ》みの高級クラブで働いていたホステスだった。当然、味見をした。いや、一時は毎週のようにホテルで逢瀬《おうせ》を重ね、恍惚《こうこつ》を分かちあっていた。

「はい。まさかこんなところで柳田さんに会えるとは思いませんでした」

「見違えてしまったな。何年ぶりになる？」

「三年ぶりでしょうか」

清香は如才《じょさい》ない笑顔を浮かべて、名刺を差しだしてきた。市議会議員秘書という肩書きだった。

「キミが議員秘書、ますます驚きだ」

「当時は女子大生でしたから」

「もう立派な社会人というわけか……」

ホステスをしていた当時、清香はもっと可愛い感じだった。顔立ちは整っていたが、表情があどけなかった。髪型は栗色の巻き髪で、ドレスは常にミニ丈。店のホステスの中では最年少で、よくしゃべるくせに粗相《そそう》が多かったから、ドジな妹分として扱われていた。

セックスもあまり慣れていなかったので、柳田が念入りに開発してやった。

それが、三年会わないうちに、凛《りん》としたキャリアウーマン、いや議員秘書になってしまっていたのだから驚きである。蛹《さなぎ》が蝶に孵《かえ》ったような印象すら抱いてしまった。

「柳田さん、このあとなにか予定があります？」

「……いや」

祐未には夕食を家で食べるとメッセージを残してきたが、女の誘いを断るほど柳田は野《や》暮《ぼ》な男ではなかった。

別のホテルにタクシーで移動し、夜景の見えるバーで飲んだ。

「わたし、来年結婚することになりました」

乾杯するなり、清香は言った。

「ほう、その市議会議員と？」

「どうしてわかったんです？」

清香は眼を真ん丸に見開いた。

「まあ、なんとなくね……」

柳田は微笑を浮かべていたが、心中穏やかではなかった。そんな話をするためにわざわざ誘ってきたのかと思うと、落胆せずにはいられなかった。男にとって、過去の女はすべて自分の女だ。ジェラシーがこみあげてくる。

「大丈夫かなって、自分でも不安なんですけどね。政治家の妻なんて」

「愛があるなら大丈夫だろ」

柳田はシングルモルトのオン・ザ・ロックを口に運んだ。

「だいたい、俺に結婚の話をするのはうまくないよ。二度も失敗してる」

「だから相談したかったんです。失敗のケーススタディを学びたくて」

「おいおい、久しぶりに再会していきなり古傷をえぐるのかよ」

「お願いします。どうすれば結婚に失敗しないですむのか知りたいんです」

清香は真剣だった。

しかたなく、昔話をしてやった。とはいえ、どうして結婚生活がうまくいかなくなったのか、それは柳田にもよくわからない。たとえ外に女がいても、柳田は妻の心と体のケアを怠《おこた》らなかった。誰と比べても遜色《そんしょく》ないほど幸せな生活を送らせてやっていたはずだが、それでもある日突然、男と女の気持ちはすれ違ってしまうものなのだ。

昔話などしたせいで、したたかに酔った。

清香もまた、そうだった。部屋に誘うと、ついてきた。最初から、そのつもりだったのかどうか、わからない。エレベーターに乗りこみながら、柳田は決めた。部屋に入った途端、むさぼるようにセックスをしようと。扉の前で熱い口づけを交わし、服を奪いあうようにして裸になる。立ったまま柳田はどこまでも硬く男根を勃起《ぼっき》させ、清香はしたたるほどに獣の匂いのする蜜《みつ》を漏らす……。

だが、部屋に入った瞬間、そういう気分ではなくなった。酔っていたせいもあり、清香が愛子に見えてしまったのだ。似ているというわけではないのだが、髪型と服装がそっくりなので、見る角度によって錯覚《さっかく》を誘う。

愛子を抱く——そんなことは考えたこともなかった。仕事上の天敵だから、だけではない。美しすぎるから、だけでもない。愛子には、男のよこしまな欲望を跳《は》ね返すような凛々しさがある。性の対象として見てはいけないようなところが……。

とはいえ、愛子も三十歳の成熟した女だった。

セックスを知らないわけがないし、欲望だってあるだろう。

どうやって処理しているのだろう？

そもそも男がいるのだろうか？

いるとすれば、どんなふうにセックスを楽しんでいるのだろう？

「どうしたんですか？」

清香の声で、柳田は我に返った。

「あ、いや……なんでもない……」

「シャワー使います？」

「いや……ちょっと休憩《きゅうけい》しよう……」

柳田は清香をソファにうながし、冷蔵庫を開けた。

「わたし、もう、お酒はいいです……」

マティーニとギムレットを二杯ずつ、清香は飲んでいた。

「そうだな……」

柳田に至っては、昼の披露宴から飲みっぱなしだ。なにも出さずに冷蔵庫を閉め、清香の隣に腰をおろした。清香は瞳を濡らし、眼の下を赤く染めている。すでに、ベッドインの準備はできている表情だ。

しかし、柳田の頭からは、愛子が離れない。彼女なら、どうするのだろうか。こんなふうにホテルで男とふたりきりになって……いや、愛子の男なら、どうやって彼女のことを抱こうとするのか……。

「……どうしたんですか？」

突然、足元にひざまずいた柳田を見て、清香が眉をひそめた。

「ちょっと黙っててくれ」

柳田は清香を制し、愛子の男に気持ちを寄せていった。どんな男だって、愛子と相対すればひざまずきたくなるような気がした。いきなり肩を抱いてキスをするとか、スカートをまくりあげるとか、そんなやり方であの美女は抱けない。愛子には美しいだけではなく、育ちのよさがある。S市でいちばんの建設会社の娘なのだから、お嬢さまどころか、お姫さまのようなものだ。男がとことん恭《うやうや》しく扱っても、そうされることに慣れているはずだ。

膝に触れた。ストッキングのざらつきがやけにいやらしく感じられる。それを味わうように手のひらをすべらせ、ふくらはぎを撫《な》でた。清香はまだ靴を履《は》いていた。磨きあげられた黒いハイヒールだ。

見ているとどういうわけか妙にドキドキしてしまったが、それを脱《ぬ》がせると、さらなる異変が訪れた。ストッキングの生地《きじ》が二重になっている爪先《つまさき》を見た瞬間、息がとまった。異様な興奮がこみあげてきて、軽い眩暈《めまい》を覚えた。

女の足に興奮したことなど、いままでに一度もない。なのに興奮している。錯覚ではない証拠に、足しか見ていないのに痛いくらいに勃起している。

愛子の足のような気がするからだろうか？

あの、穢《けが》れを知らないようなお嬢さまの足だと思って、自分はこれほどまでにいきり勃ってしまっているのか？

「なあ……」

足を見つめたまま言った。

「頼みがある」

「なあに？」

「踏んでくれないか？」

「はっ？」

「理由は訊《き》かないでくれ。黙って踏んでくれればそれでいいんだ」

いったいなにを言っているのだろうと、自分でも思った。誓《ちか》って言うが、いままでの人生で女に踏まれたいと思ったことなどない。なのに踏まれたい。抜き差しならない衝動が柳田の体を突き動かし、絨毯《じゅうたん》の上であお向けに横たわった。

「踏むって……こうですか？」

清香がソファから立ちあがり、太腿《ふともも》に足の裏をのせてきた。なにかが違った。柳田が勃起していることは、清香も気づいているはずだ。勘のいい彼女だから、そのうちそこを踏んでくるだろう。だが、違う。なにかが違う。

「か、顔っ……」

「えっ？」

「顔を踏んでくれないか？」

「……本気ですか？」

清香は呆《あき》れた声で言ったが、柳田の願いを叶《かな》えてくれた。頭の上に立ち、そっと足の裏を顔にのせてきた。踵《かかと》が額のあたりで、爪先が口のあたりにある。鼻が少し潰れたが、思いきり体重をかけてきたわけではない。

汗に蒸《む》れた足の匂いがした。ねちっこい前戯《ぜんぎ》が信条で、女の体を舐《な》めまわすことにかけては人後に落ちない自信がある柳田だったが、いままで嗅《か》いだことがない種類の匂いだった。無理に言えば、ストッキングを直穿《じかば》きにさせたときの、陰部の匂いに近い。決していい匂いではないのだが、嗅がずにはいられない匂いだ。

ああ……。

鼻を鳴らして嗅ぎまわせば、陶酔《とうすい》の境地に誘われていく。清香がなにか言っていたが、柳田の耳には届いていなかった。口を開いている暇があるなら、もっと強く踏んでほしかった。鼻が潰れそうになるほどぐりぐりと……。

3

月曜日の朝。

会社に到着した柳田がエレベーターに乗りこむと、扉が閉まる寸前に女が入ってきた。春の花畑を舞う蝶が入りこんできたようだった。

愛子だった。

「おはようございます」

微笑を向けられ、

「ああ、おはよう」

柳田はこわばった顔をそむけた。エレベーターに男と女がふたりきりというシチュエーションは、ただでさえ気まずい。愛子は柳田に対し、敵意を向けてくることはなかったが、媚びてくることもなかった。挨拶をすませると、ツンと澄ました顔で通過階を示すインジケーターを見上げた。

「土曜日……」

柳田のほうから声をかけた。

「結婚式でずいぶん派手に泣いてたね」

現地では、あえて声をかけなかった。

「ああ、いらっしゃったんですか。新婦が幼なじみなんです。柳田さんは？」

「新郎の父親が重機会社の役員ですよ。取引先のね」

嫌味ったらしく言ってやると、

「そうだったんですか。やだ、わたし、なにも挨拶できなかったです」

罪のない顔で返され、柳田は全身から力が抜けていきそうになった。咎《とが》める気にもなれなかった。この女には経営者としての自覚がなさすぎると、歯嚙みをした。

やがてエレベーターの扉が開き、

「それじゃあ……」

愛子はツンと澄ました顔で出ていった。柳田はつい「開」ボタンを押し、去っていく愛子の後ろ姿をまじまじと眺めてしまった。

会社にとっては害悪でも、超一級のいい女だった。パンツスーツを穿いているのに、脚の美しさが伝わってくる。清香のようなタイトスカートを穿き、ストッキングの光沢《こうたく》を纏《まと》った美脚を露《あら》わにすれば、すさまじい色気だろう。それがわかっているから、愛子も決して会社で脚を出さないのではないだろうか。ハイヒールをカツカツと鳴らして颯爽《さっそう》と去っていく後《うし》ろ姿から、柳田はいつまでも眼が離せなかった。

二日前のことを思いだした。

土曜日、柳田は結局、清香を抱かなかった。顔を足で踏まれたことで、毒気を抜かれてしまったような感じだった。すっかりその気になっていた清香にはむくれられたが、タクシー代と言って三万円渡すと機嫌《きげん》を直してくれた。昔から、金に眼のないタイプだった。

「柳田さん、いつからMに目覚めたんですか?」

「べつに目覚めたってわけでもないが……」

「意外だなあ。柳田さんだけは、間違ってもMにならないと思ってたのに」

「だからMじゃないって」

「いーえ、絶対その気があります」

清香は確信をもっているようだった。

「実はわたし、お店やめて柳田さんと会わなくなってから、付き合う男、付き合う男、みーんなドMだったんですよ。髪をベリィショートにしたから、そんな男ばかり呼び寄せちゃったのかもしれませんけど、とにかくみんないじめられたがり」

「どうやっていじめるんだ?」

「たいてい手脚を縛って、いまみたいに踏むこともあれば、くすぐったり、電マで責めたり……」

「この豚野郎！　とか言ったりするのか？」

「言葉責めですね。それはまあ、相手によりますね。SMって結局、マゾの欲望をサドが手伝って実現してるんですよ。サディストはマゾの欲望をいち早く見抜いて、言われなくても先まわりしてやってあげるわけです。わたしにはちょっとそういう才能があると思うんですよね。いまの彼も……実はそうなんです。いじめてあげると、涙を流して悦《よろこ》ぶタイプ」

「ふうん」

いまの世の中、かくも手軽にアブノーマルプレイを楽しんでいるというわけか。

「柳田さん、誰かわたしに似てる人を思い浮かべてたでしょう？」

「あっ、いや……どうかな？」

「いいんですよ、正直に言って。嫉妬《しっと》なんてしませんから」

「そうだな……髪型と、服装がよく似てる」

「顔は？」

「まあ……それほど似てないと思うが……」

「すごい美人？」

「いいじゃないか、もう」

柳田は苦笑で話を打ちきろうとしたが、清香は許してくれなかった。

「だったら今度、ベネチアンマスクをもってきましょうか？」

「なんだい、そりゃあ」

「仮面舞踏会とかで被るマスクです」

清香は顔の前で仮面の形をつくった。

「この髪型でこの服装でベネチアンマスクすれば、完全にプレイに集中できますよ。途中でやめないで、もっと踏まれたくなりますって」

「いやあ……」

柳田は苦笑するしかなかった。

「キミはいったい、なにを考えてるんだ？　市議会議員と結婚するんだろ？　俺とＳＭプレイしてる場合じゃない」

「そうなんですけど……」

清香は気まずげな上目遣いを向けてきた。

「実は、柳田さんにひとつ、お願いがあって……」

「なんだ？」

「来年の結婚式までに、彼のご両親がマイホームを建ててくれるって言ってるんですよ。でも、その、ちょっと予算が合わなくて。家なんて一生ものだから、わたしも妥協《だきょう》したくないし、かといって向こうのご両親もない袖は振れないわけで……」

「なるほど」

柳田は唸《うな》った。昔からちゃっかりしたところのある娘だったが、そういう思惑があってベッドの誘いに応じたわけか。下手をすれば偶然の再会を装《よそお》うために代議士のパーティに来ていた可能性さえあるが、柳田はそういう女が嫌いではなかった。欲しいものがあるなら、はっきり言われたほうがいい。愛だの恋だの、形のないものを求められても困るだけだ。

「わかった。じゃあ今度、じっくり話を聞こう。未来のダンナも連れて、一度会社に来なさい。うちは専門のハウスメーカーじゃないから少々割り高だが、予算次第《しだい》で他を紹介することもできる」

「安くなりますか？」

「どんな家にするかにもよるが、期待していいと思うよ」

「やった！」

清香が腕に飛びついてきた。

「じゃあ今度、お礼にベネチアンマスクもってきますね」

「いいよ、遠慮する」

「それじゃあわたしの気がおさまりません。ね、柳田さん。一度だけわたしに責めさせて……」

女にここまで強く誘われ、断ることができるほど柳田は無粋《ぶすい》な男ではなかった。

4

金曜日。

清香が未来の夫を引き連れて会社にやってきた。望月亮一《もちづきりよういち》という市議会議員は、想像していたよりずっとまともな好青年だった。家業が老人ホームの経営とかで、その仕事を手伝いながら、政治活動をしている。筋骨隆々《きんこつりゆうりゆう》のスポーツマンタイプで、いかにも力まかせな激しいセックスをしそうなのに、清香によればドMらしい。人の性癖《せいへき》だけは、本当によくわからない。

家の新築に関する条件や予算は事前に聞いてあったので、関連会社であるハウスメーカーの社長を同席させた。社長マターともなれば、同じ予算でも出来映《できば》えがかなり違ってくる。清香と望月は顔を上気させてマイホームへの夢をふくらませ、小一時間で帰っていった。

その夜、柳田は清香と待ち合わせをしていた。

先週の土曜日に会ったのと同じホテルだ。今回はバーで一杯を省《はぶ》き、いきなり部屋で落ちあうことにした。清香のほうからそう言ってきた。

午後九時、接待の席を早々に切りあげた柳田は、部屋をノックした。鍵が開けられ、中に入っていく。まだ後ろ姿しか見えなかったが、清香はこの前と同じ濃紺のタイトスーツを着ていた。足元は黒いハイヒールだ。やけに部屋が薄暗かった。間接照明の灯《あか》りをぎりぎりまで絞ってある。

清香がこちらを向いた。予告通り、ベネチアンマスクをしていた。ゴールドに黒の縁取《ふちど》りがされた、いかにも退廃的で秘密めいた仮面だった。真一文字に引き結ばれた唇から、言葉はいらない、というメッセージが伝わってくる。

なるほど、今夜は自分を別人と思ってくれというわけだ。バーで一杯を省き、部屋で待ちあわせにしたのも、そういう思惑《おもわく》からだろう。

清香を見た。

よく見ると、この前と違っているのはマスクだけではなかった。ストッキングが黒だった。極薄の黒いナイロンに包まれ、美脚が纏うエロスの匂いがより濃密になっていた。

清香がハイヒールを脱ぐ。

柳田は絨毯の上に横たわり、顔を踏まれた。汗に蒸れた匂いはこの前と同質だったが、興奮の度合いは高かった。やはり、ベネチアンマスクが効いているのだ。愛子に踏まれていると思った。いま自分の顔を踏みつけているのは、社長の椅子をさらっていった世間知らずのお嬢さまだった。

倒錯していた。そんな女に顔など踏まれていいわけないのに、異様に興奮してしまう。しかも、踏み方がどんどん容赦《ようしゃ》なくなっていく。息もできないくらい踏まれるほどに、股間《こかん》のイチモツが痛いくらいに勃起していく。

今度はそれを踏まれた。いや、足の裏側で、隆起を軽く撫でられた。慣れている、と一瞬にしてわかるやり方だった。柳田はまだズボンを穿いていたが、睾丸《こうがん》から裏筋、そして亀頭まで、きっちり快感のツボを押さえていた。一分もすると、額に脂汗《あぶらあせ》が浮かんできた。苦しかった。ズボンを脱ぎたくてしかたがないが、脱がせてくれる素振りもない。

逆に、清香は自分の服を脱ぎはじめた。濃紺のタイトスーツと白いブラウスの下から現れたのは、黒い悩殺ランジェリーだった。ハーフカップのブラジャーからはたわわに実った白い乳房が半分ほどはみ出し、ハイレグTバックのショーツからはヒップのふたつの丘がほとんど剝《む》きだしになっている。さらにはガーターベルトだ。艶《なま》めかしい二本の美脚を包んでいたのは、セパレート式のストッキングだったのである。

柳田は息を呑んだ。

気の利《き》いたホステスの中には、ドレスの下にそんな下着を着けていて、枕営業で楽しませてくれる子もいる。だが、まさか清香が着けていようとは思わなかった。そして、いまの清香は清香ではない。柳田は清香を通して愛子を見ている。清香にも増して、悩殺ランジェリーなど着けていそうもないお嬢さまなのだ。

倒錯した興奮がメラメラと燃え狂いだした。

男関係がまったく見えない愛子だからこそ、妄想《もうそう》が逞《たくま》しくなっていく。人の性癖《せいへき》だけは、外見からはわからない。もしかすると愛子だって、悩殺ランジェリーを着けて男をいじめているかもしれない。清香の婚約者である市議会議員にしても、筋骨隆々なスポーツマンタイプなのに、マゾだという。ならば愛子が、ドSの女王様だって少しもおかしくないわけである。

ベルトをはずされた。

ズボンとブリーフを太腿までずりさげられ、勃起しきった男根が露わにされる。カチンカチンに硬くなった我がイチモツは、けれどもみじめさに打ち震えているようだった。いつもなら、ヌメヌメした蜜壺に入りこみ、女をよがり泣かせている。あるいは、威風堂々とそそり勃って、舌奉仕に酔いしれている。

なのにいまは、みじめに放置されて、女から見下ろされている。あまつさえ、踏まれる。ざらついたナイロンで包まれた足で、ぐりぐりと踏みつぶされる。

柳田は激しくうめいた。

衝撃的な快感が、屈辱《くつじょく》を凌駕《りょうが》する勢いで全身を打ちのめし、身をよじらずにいられなかった。その姿に、清香が笑う。まだあどけない女子大生だったころ、女の悦びを教えてやったのは柳田だった。なのに男根を踏まれて身悶《みもだ》えているのだから、滑稽《こっけい》でしかたがないのだろう。

いや、笑っているのは愛子なのかもしれない。あなたは所詮《しょせん》、わたしの下にいるべき人間なのだと、男根を踏みつけることで示そうとしているのか。

清香は柳田の脚からズボンとブリーフを完全に抜き去ると、四つん這《ば》いにうながしてきた。女の前でそんな格好をしたことなどなかったが、抵抗できなかった。次の瞬間、肛門に生温かい舌が這ってきた。くすぐったさに身をよじろうとすると、男根をつかまれた。したたかにしごきたてられると動けなくなり、こわばった全身を小刻みに震わせるばかりになった。

顔が熱かった。火を噴きそうだった。男根をしごかれる快感と肛門を舐められるくすぐったさが一緒くたになって、声を出さずにいられなかった。野太い声で、女のようによがり泣いた。

みじめだった。だがそのみじめさは、倒錯した興奮と裏腹だった。やめてほしいのに、やめてほしくない。もう終わりにしようと立ちあがり、ベッドで普通のセックスを求めれば、清香は素直に応じてくれるだろう。簡単なことなのに、それができない。やめてほしくないどころか、いっそもっとみじめに扱ってほしい。

愛撫が中断された。

振り返らずとも、清香が立ちあがったことが気配でわかった。

足が伸びてきた。ざらついたナイロンに包まれた足が、今度は裏ではなく、甲のほうで男根をもてあそんでくる。踏まれるよりもずっと軽い刺激だったが、たっぷりとしごかれたあとだった。男根はひどく敏感になっていた。軽い刺激でも、四つん這いの体から生汗が滲む。軽い刺激だけに、それを充分に味わおうと、体中の神経が男根だけに集中していく。

ナイロンのざらつきが、たまらなかった。

眼をつぶれば、瞼《まぶた》の裏に黒い悩殺ランジェリー姿の清香が浮かびあがってくる。いや、それはもはや、清香ではなく完全に愛子だった。ベネチアンマスクをしていなかった。ツンと澄ましたいつもの顔で、柳田の男根を足蹴にしていた。

前兆がこみあげてきた。

こんなやり方で射精に至れるとは思えなかったのに、それはあきらかに放出の前兆だった。腰の裏にざわつくものがあり、男根の芯が甘く疼《うず》きだしている。出したくて出したくて、いても立ってもいられなくなってくる。

そのときだった。

男根をもてあそんでいる足が離され、スパーンッ、と尻を叩かれた。

驚愕《きょうがく》より、快感が大きかった。スパーンッ、スパパーンッ、と容赦《ようしゃ》ない平手打ちが尻に襲いかかってきて、再びナイロンの足で男根をいじられる。スパーンッ、スパパーンッ、と尻を叩かれる。射精の前兆は途切れることなく、けれども放出のタイミングを与えられないまま、どこまでも延長されていく。射精への欲望が、自分の存在より大きくなっていく。自分が誰かもわからない状態で、ただ声をあげ、身をよじる。嵐に翻弄《ほんろう》されるように、倒錯した興奮に揉《も》みくちゃにされてしまう――。

5

柳田はシャワーを浴びた体にバスローブを纏《まと》い、部屋に戻った。

どんな顔をしていいかわからなかった。

清香はまだ黒い悩殺ランジェリー姿で、ビールを飲んでいた。

「さっぱりしました？」

声をかけられても、こわばった顔で曖昧《あいまい》な返事しかできない。清香がいるソファではなく、少し離れたところにある椅子に腰をおろした。

「どうして？　こっちに座ればいいじゃないですか」

清香がソファを叩いて笑う。

「服を着ろよ」

柳田は苦りきった顔で言った。

「せめてバスローブを羽織《はお》れ。目の毒だ」

「男の人って、せんさーい」

清香がクスクス笑いながら、立ちあがってバスローブを羽織る。繊細にもなろうというものだ。いままでさんざん女を抱いてきたが、この世にあんな快楽があろうとは思っていなかった。柳田は四つん這いでナイロンの足に男根をいじられながら、したたかに射精した。それは、蜜壺や口唇、あるいは手筒に包まれ、摩擦の力で射精するのとはまるで違う世界だった。外からの刺激だけに頼らず、内側からマグマが噴射するように男の精を吐きだしたのだ。

眼も眩《くら》むような快感だった。柳田は雄叫《おたけ》びをあげ、体中を痙攣《けいれん》させ、長々と射精を続けているうちに、泣いてしまった。歓喜の涙で頬を盛大に濡らしてしまったのである。

だから、清香の顔を見たくないのだ。

冷静さを取り戻してみれば、さすがに恥ずかしい。人として大切ななにかを、失ってしまったような気さえする。

「わたし、うまかったでしょ？　才能あるって思いません？」

清香は無邪気《むじゃき》に笑っている。

柳田は言葉を返さず、立ちあがってジャケットから財布を抜きだした。五枚の一万円札を、彼女に渡した。

「タクシー代……にしては多くないですか？」

清香は眼を丸くしている。

「また、してくれ」

柳田は横顔を向けたまま言った。

「婚約中のキミに頼むことじゃないが、セックスするわけじゃないから、まあいいだろう。またしてくれれば、同じだけの金を渡す」

「ホントですか？」

清香の声は、驚愕と喜びが半分半分だった。

「わたしってやっぱり、サディストの才能があるんですね」

他と比べたわけではないので、柳田には彼女に才能があるかどうかはわからなかった。愛子を彷彿《ほうふつ》とさせる清香でなければ、こんなプレイをしたいとも思わないだろうから、きっと一生わからない。

次の逢瀬を約束させたのは、快楽のためではなかった。マゾヒストの快楽というものを垣間《かいま》見ることができたけれど、決してそれに取り憑《つ》かれ、嵌《は》まってしまったわけではない。

プレイが終わってシャワーを浴びているとき、こみあげてくるものがあったのだ。愛子に対する敵愾心《てきがいしん》だ。

不思議な現象だが、本当だった。愛子を想って恥にまみれた射精を遂《と》げたことで、現実の世界では、かならずや彼女から社長の椅子を奪取してやろうと、強い決意がこみあげてきたのである。

言ってみれば、喝《かつ》のようなものかもしれない。みずからの闘争本能に、鞭《むち》を入れるために、清香に協力してもらうことにしたのだ。

愛子は魅力的な女だった。生まれながらにして、人を惹きつけるなにかがある。人の上に立つべくして立っているという、不思議な説得力がある。

しかし、彼女にまかせていては〈鶴組〉に未来はないだろう。倒さなければならない。経営は遊びではない。彼女から社長の椅子を奪えなければ、社員とその家族、系列会社や下請《したう》けまで含めた膨大な人間が、路頭に迷うことになる。

「よし、着替えて帰ろう」

「えぇー、もう少しゆっくりしていきましょうよ。終電まで」

「ダメだ。仕事が残ってる」

「これから仕事？　もう十一時過ぎてますよ」

「仕事だ」

嘘ではなかった。タフガイに休息はない。帰って祐未を抱かなければならない。それもまた、男にとっては重要な仕事だ。

課長の賭《か》け

八神淳一

著者・八神淳一《やがみじゅんいち》

一九六二年生まれ。大学卒業後上京し、雑誌編集などに携わった後、作家デビュー。時代官能小説『艶剣客』シリーズで支持を得る。祥伝社文庫に『艶同心』ほか、官能アンソロジー『秘本　紫の章』『秘本　緋の章』『禁本　惑わせて』など多数に作品が収録される。近著に『艶用心棒――枕絵小町』『くノ一ＯＬ』などがある。

1

九州に転勤になる部下の送別会の二次会。

総務部の課長の田嶋政則《たじままさのり》は、部下の真崎美沙《まさきみさ》の隣に座った。

田嶋も真崎美沙もかなり飲める口で、すでにけっこう酔っていた。

「真崎くんが、Sっていう噂《うわさ》を耳にしたんだが、それは本当のことなのかい」

この一週間あまり、聞きたくて仕方がなかったことを、怒られるのを覚悟で、田嶋は部下に聞いていた。

美沙は、えっ、という顔で田嶋を見て、ハイボールをごくりと飲むと、

「まあ……そうです」

と答えた。

「へえ、噂は本当だったのか。しかし、真崎くんがねえ」

酔っている田嶋は、おやじ丸出しで、じろじろと部下の横顔を見てしまう。

真崎美沙は会社にいる時と同じように、黒の長い髪をアップにまとめている。年は二十六。色白で清楚《せいそ》な雰囲気が漂《ただよ》う、なかなかの美人だ。

今は、酒に酔って、優美なラインを描く頰《ほお》が、ほんのりと赤く染まっている。

だから、会社にいる時とは違って、ほのかに女の色香《いろか》が漂っていた。

「悪いですか、私がSで」

と美沙がにらんできた。

「いや、悪くないよ。ぜんぜん。悪くない。でも、本当なのか」

「そう見えませんか」

「いやあ……」

確かに、ちょっと近寄りがたい印象はあるが、それはSというより、優等生的な雰囲気があるからだ。

「榊原《さかきばら》さんから聞いたんですね」

「いやあ、誰からだったかなあ」

と田嶋は一応とぼけたが、営業の榊原から聞いたのだ。

榊原と真崎美沙は付き合っていたらしい。何度かデートをし、そしてベッドインしてみると、どうも、美沙の反応がよくない。

それなりにベッドテクに自信があった榊原は、かなりあせったらしい。うんともすんとも言わない美沙を前にして、どうしたらいいのか、と困っていると、

「私、Sなの」

と言ったらしい。

「S？　美沙が？」

「そう。ねえ、四つん這《ば》いになってくれないかしら。榊原さんのお尻、ぱんぱん張ってみたいの」

と言ったらしい。そういう趣味がまったくない榊原は、そのままホテルを出たそうだ。

榊原は三十二になる。新人の頃から、田嶋が可愛がっていた社員で、田嶋が営業部から総務部に移ったあとも、月に一度は飲んでいた。

「本当にSなのかい」

「本当ですよ、課長」

「それなら、ちょっと頼みがあるんだが、聞いてくれるかな」

「なんですか」

ハイボールのお代わりを頼んで、美沙が田嶋を見つめてきた。

「僕を責めてくれないかな」

「えっ……」

「一度、真崎くんのような美人のOLにヒールで踏まれてみたい、と思っていたんだよ。

デリヘル嬢に頼んでも、ちっとも興奮しないんだよ。所詮《しょせん》、コスプレだからね。その点、真崎くんは間違いなく、ばりばりのＯＬだからね」

二次会は、転勤になる男性社員を囲んで、テーブルの向こうで盛り上がっていた。隅《すみ》で飲んでいる田嶋と美沙の話は、誰にも聞かれる心配はなかった。

「私が課長を踏むんですか」

「そうだよ。もう濡れてきただろう」

「え、ええ、まあ……」

お代わりが運ばれてきた。美沙はあごを反《そ》らし、ごくごくと飲む。白い喉《のど》がとても艶《なま》めかしく上下に動くさまに、田嶋は見惚《みほ》れていた。

ここはお開きにして、三次会に行きましょう、と幹事の係長が大声をあげる。

「どうだい、これから、ホテルに行って、踏んでくれないか」

「これから、ですか……」

「そうだよ。もちろん、踏むだけだ。こちらが一方的に踏まれるだけだ。いいだろう」

「それは……」

「やっぱりSじゃないんだな」

「Sですっ。行きましょう。課長を踏んで差し上げます」

そう言うと、ハンドバッグを持って、美沙が立ち上がった。

2

三次会に向かう連中とうまく離れて、田嶋は美沙とタクシーに乗り込み、車で十分ほどのところにあるシティホテルで降りた。

奮発《ふんぱつ》し、広めのコーナーツインにした。

いつ、やっぱり帰ります、と言い出すかと、びくびくしていたが、美沙は意外とおとなしくついてきた。

部屋に入るなり、田嶋はすぐさま、ジャケットを脱ぎ、ネクタイをとり、ワイシャツを脱ぎ、スラックスを下げた。

Tシャツにトランクス、そして靴下姿で、縛《しば》ってくれ、と部下のOLにネクタイを渡した。

そして、両腕をお腹《なか》の前で組む。田嶋は四十八になるが、さほどお腹は出ていなかった。

「さあ、どうした」

美沙が、わかりました、と交叉《こうさ》させた手首をネクタイで縛った。

田嶋はすぐさま、カーペットが敷かれた床に仰向《あおむ》けになった。

「課長……」

「さあ、踏んでくれ」

と田嶋は部下を見上げる。

美沙は紺のジャケットに白のブラウス、そして紺のパンツルックである。

いかにもOLというファッションがとても似合う。飲み会でも控えめな化粧も、美沙らしい。

「どうした、Sとしては、課長を踏むなんて、たまらないんじゃないのか」

「そうですね……」

田嶋を見下ろす美沙が、だんだんと泣きそうな顔になっていく。

そして、ごめんなさい、とつぶやくと、田嶋の横に膝を落としていった。

「踏めません」

「やっぱりな。Sじゃないんだろう」

「どうしてわかったんですか」

「わかったわけじゃないさ。賭《か》けだよ。賭け」

「賭けですか」

「こうでもしないと、真崎くんとホテルなんて無理だろう」

田嶋には妻も子もいる。部下とホテルなんて、もちろんはじめてのことであった。かなりの冒険なのである。

冒険してもいい、というほど、真崎美沙には魅力があった。

「私が本当のSだったらどうしたんですか」

「その時はその時さ。真崎くんにになら、踏まれてもいいさ」

「課長……」

美沙がぎこちない笑みを見せた。

「試してみたかったんです。本当にSだったらって……これで濡れたらって……でも踏めませんでした」

「どうして、榊原に、Sだなんて、うそをついたんだい」

「二十六にもなって、ベッドの上でぜんぜん感じないなんて、恥ずかしいじゃないですか」

「そういうものか……」

「なにも知らない堅物《かたぶつ》みたいに思われるのが嫌で、Sだなんて、言ってしまったんです」

「そうなのかあ。時代は変わったなあ」

が、確かに、二十六で初心《うぶ》というのも、今時、恥ずかしいのかもしれない。

「Sだから、普通の愛撫なんかでは、感じないと言っちゃったんです。お尻、張らせてって言ったら、榊原さんに引かれて……それで、終わりです」

「なるほどねえ」

「私、きっと、不感症なんです……」

「そうなのか」

「はい。きっとそうです」

「感じないことを誤魔化《ごまか》そうとして、Sだなんて言ったのでは、と思って、ホテルに誘ったんだが、当たっていたようだな」

「すごいですね、課長」

「いや、すごいわけではないんだが……」

部下の前でTシャツにトランクス、そして靴下姿を晒《さら》している田嶋は、すごい、というより情《なさ》けないといった方が適切だった。

「あの、課長……」

「なんだい」

「つらそうですね……あの、ずっと勃《た》っていて」

部下の視線がトランクスに向かい、すぐにそらされる。

田嶋のトランクスは見事にテントを張っていた。なにもしないで、こんなに勃起すると

は……いや、なにもしていないわけではない。恥を晒して縛られて、勃起させているの

だ。

俺はもしかして、Mの気があるのか。いや違うだろう。ホテルの一室で、美人の部下と

ふたりきりでいるというシチュエーションに興奮しているのだ。

「あの……失礼します」

と言うと、美沙が田嶋の股間に手を伸ばしてきた。白くて細い指を、トランクスのフロ

ント部分にやり、合わせ目から、勃起させたペニスを引っ張りだしはじめた。

「真崎くん……」

ペニスを摘《つま》まれた。合わせ目から引き出される。

「ああ、すごいです、課長……」

我ながら驚くくらい、ペニスは見事に反り返っていた。いきなり、二十は若返ったみた

いだ。

美沙が白い指で胴体を握ってくる。

「硬いです、課長」

「真崎くん……」

美沙がゆっくりとしごきはじめた。なんとも気持ちいい。

美沙の指がからむペニスは、美沙の指が美しいだけに、余計、グロテスクに見え、それがさらなる昂《たか》ぶりを呼んだ。

美沙の手の中で、さらにぐぐっと太くなった。

すると、美沙が、はあっ、と熱いため息を洩《も》らした。横顔を見ると、じっと田嶋のペニスを見つめている。

その瞳は、妖《あや》しく潤《うる》んでいた。

真崎くんも、こんな目をするんだな。どうして、不感症なのだろうか。

美沙が美貌を下げてきた。

「真崎くん……」

うそだろう。美人の部下が、俺のものを……しゃぶってくれるというのか……。

美沙の唇が、鎌首に迫ってくる。黒髪をアップにしたままなので、横顔がはっきりと見えていた。

美沙がちゅっとくちづけてきた。

それだけで、快美な電気がペニスを突き抜けた。

田嶋は、ああっ、と声をあげ、腰をくねらせていた。

美沙がピンクの舌を出した。恐る恐るというように、鎌首を舐《な》めはじめる。その舌の動きは拙《つたな》かった。

が、田嶋は腰をくねらせ続けた。美人の部下の舌が鎌首に這っているという事実だけで、目が眩《くら》むような快感を覚えていた。

「裏側を舐めてくれ」

「裏、ですか」

「裏というか、真崎くんから見たら、表かな」

ここですか、と美沙が裏の筋をぺろぺろと舐めはじめた。

「あっ、そこだよ……あっ、いいよ……真崎くん」

じわっと鈴口から先走りの汁がにじみはじめた。

それに気づいた美沙が、ぺろり、と白い汁を舐めていった。

「あ、ああっ……真崎くんっ」

部下の舌が、唇が、田嶋の出した汁で、白く汚れていく。

あまりに気持ちよすぎて、出そうだった。が、今、出すわけにはいかない。もろに、美沙の美貌を直撃してしまう。

が、そんなことを想像すると、さらに熱い血が股間に集まった。

「出そうだっ。離れて、真崎くんっ」

「課長……」

美沙は顔を離すどころか、鎌首を口に含んできた。

先端が部下の口の粘膜に包まれたと感じた瞬間、田嶋は暴発させていた。

どくっ、どくどくっ、と大量の飛沫《しぶき》が噴《ふ》き上がった。

「うっ、うう……」

美沙は一瞬美貌をしかめたものの、顔を引くことなく、田嶋の飛沫を受け続けた。

「真崎くん……」

一滴残らずすべて受け止めるなり、美沙が美貌をあげた。唇の端から、精液がにじんでいる。

それはそのままにして、美沙がごくんと喉を動かした。

飲んだのだ。俺の精液を……部下の真崎美沙が。

「苦いです……」

そう言うと、美沙はぎこちない笑みを見せ、小指で唇の端《はし》から垂れている精液を掬《すく》い、そのままちゅっと吸った。

3

翌日――当たり前だが、真崎美沙はいつも通りに出勤し、いつも通りにまじめな顔でパソコンに向かっていた。

もしかして昨夜のことは、酔っぱらいおやじの妄想か、と思ったが、やはり現実にあったことだと確信した。

仕事中、時折目が合うことがあるのだが、これまでは、勤務中に課長と部下の目が偶然合ったに過ぎなかった。

けれど今日は違っていた。秘密を知り合った者同士の目配《めくば》せのようなものが感じられたのだ。

残念ながら、恋人同士の目配せというわけにはいかなかったが、これまで、田嶋は美沙にとって空気と同じ扱いだっただけに、格段の進歩であった。

田嶋はパソコンのディスプレイを見つめている美沙の横顔をちらちらと見ながら、どうして彼女が不感症なのか考え続けていた。

二十六の清楚な雰囲気が漂う、まじめなOL。

それが真崎美沙の印象だ。今日は、黒のジャケットに白のブラウス。そして黒のパンツスタイルであった。

思えば、彼女のスカート姿を見たことはない気がした。夏でも、仕事中はジャケット姿だ。素肌を目にしたことがない。

ファッションには、その人の人柄があらわれるという。真崎美沙は、鎧《よろい》を着ている、という印象がある。

思えば、昨夜、彼女とホテルに入り、田嶋自身は射精までしているのに、美沙はジャケットさえ脱いでいなかった。

翌日も、仕事中、何度となく、美沙と目が合った。

田嶋は待っていた。美沙の方から、飲みに行きませんか、と言ってくることを。

美沙は、不感症な自分をどうにかしたい、と思っているはずだ。でも、自分ではどうにも出来ない。

好きな相手には、自分をさらけ出せない。

裸になっても、鎧を着たままなのだ。

けれど、田嶋にはさらけ出せるのでは、と思いはじめているはずだ。

一昨日《おととい》の夜、ホテルで、自分が不感症だと話したように、年の離れた課長相手なら、鎧を脱げるのでは、と期待しはじめているはずだ。

もちろん、そんなこと、まったく思っていないかもしれない。でも、仕事中、目が合う回数が増えている。

時折、なにか言いたそうな、なにか言って欲しそうな顔をして、田嶋を見つめてくる。

こちらから誘ってもよかったが、ただ飲むだけで、ただ相談を受けるだけで終わる可能性も高い。

それでは駄目だ。田嶋課長に不感症をどうにかして欲しい、と切羽《せっぱ》詰まった思いで会ってくれなければ、先には進まない。

田嶋は待った。待ちながら、美沙とまた、ホテルでふたりきりになるチャンスがやってきたら、どうすれば、彼女の殻《から》を破れるのか、と考え続けていた。

4

「課長、この前のホテルのバーに連れて行ってくださいませんか」

送別会の夜から、十日後の昼下がり、会社内にあるコーヒーの自販機の前で、美沙が誘ってきた。

来た！　と思った。二つめの賭けに勝ったのだ。心の中でガッツポーズを作りつつも、努めて冷静に、

「今夜、行こうか」

と田嶋は言った。

美沙は少しはにかむような表情を見せて、こくんとうなずいた。

田嶋は夕方、会社を抜けて、電車で二駅行ったところにあるデパートに向かった。そこで買い物をし、会社に戻った。

午後八時、シティホテルのラウンジで待ち合わせをして、そのままバーに向かった。バーは三十六階にあった。

ゆったりとしたソファー席に差し向かいに座った。田嶋は水割りを頼み、美沙はグラスワインを頼んだ。

バーは八分《はちぶ》ほど埋まっていた。田嶋が普段飲む居酒屋とはまったく客層が違っていた。

「あの、課長……私……」

「真崎くんにプレゼントがあるんだよ」

そう言って、デパートの袋から、包み紙を取りだした。水割りの入ったグラスとワインが入ったグラスを隅にやり、テーブルに二つの包み紙を置いた。

「なんでしょう」

「開けてみてくれないか」

訝《いぶか》しげな表情で、美沙が一つめの包み紙を開いた。

カットソーがあらわれた。ノースリーブだ。しかもかなりタイトだった。

美沙は二つめの包み紙も開いた。

スカートがあらわれた。かなりのミニ丈《たけ》であった。こちらもけっこうタイトだ。

これは田嶋にとって、三つめの賭けであった。こんなもの着られません、と言って美沙が席を立てば、そこで終わりであった。

どうなるか、と固唾《かたず》を飲んで、田嶋は美沙を見つめた。

「あの……さっき、言おうとした話ですけど」

「うん。なんだい」

「いや……課長はもうわかってくださっているみたいです。あの、これはいつ着れば

……」

「今すぐ、見たいな」

今日は、ベージュのジャケットに白のブラウス。そして、ベージュのパンツスタイルである。

美沙はカットソーとミニスカートをじっと見つめている。

「その方が、効果が出ると思う」

「今すぐ、ですか……」


とても彼女には似合っているのだが、別の顔もあるはずだった。

殻を破らせ、別の顔を見たかった。

美沙がその場でジャケットを脱いだ。

田嶋はどきりとした。ジャケットを脱ぐ仕草に、興奮させられたのだ。ブラウスの胸元は、思いの外《ほか》、高く張りだしていた。

美沙はデパートの袋に、カットソーとミニスカートを入れると、失礼します、と立ち上がった。

バーのフロアを横切る後ろ姿に、田嶋は見惚れた。

しばらく待ったが、美沙はなかなか戻ってこなかった。が、帰ったわけではないはずだ。ジャケットはもちろん、バッグもソファー席にある。

いったいどうしたのか。

女性の姿が見えた。白い脚線が、田嶋の目に飛び込んできた。

女性がフロアを横切り、こちらに向かってくる。スカートはかなりのミニ丈で、太腿もほとんど露出していた。

自分でミニスカートをプレゼントしておきながら、ミニを穿《は》いた女性が、美沙だとは目の前に来ても気づかなかった。

素晴らしい美脚が、田嶋の前で止まった。

「すいません……課長……」

「真崎くん……」

課長と言われ、美脚の主が自分の部下だと気づいた。

美沙はミニの裾《すそ》を気にしつつ、向かいのソファー席に座った。

美沙はアップにしていた髪を下ろしていた。

清楚な匂いのするOLから、色香が薫《かお》る女性へと変わっていた。それは髪型のせいだけではなかった。

あらわになっている白い腕が、女の艶《つや》を出していた。

美沙の二の腕は綺麗《きれい》だった。美脚同様、細すぎず、女らしい適度な肉がついていた。

「真崎くん、色白なんだね」

「そうですか……なんだか、すごく恥ずかしくて……」

両手で優美な頬を挟む仕草《しぐさ》を見せる。

なんとも愛らしい。会社では、決して見られない美沙の表情だ。

「夏でも、こんなに肌を出して、外に出ることはなくて……なんだか、裸で外にいるような感じです」

「でも、悪くないだろう」

「はい……」

美沙がこくんとうなずく。

「ずっと、洗面所の鏡で、見ていたんです」

「自分の姿をかい」

「はい。私じゃないみたいで。でも、これも私なんだって」

そう言って美沙が田嶋を見つめてきた。その美しい黒目が、妖しい潤みを湛《たた》えていることに、田嶋は気が付いた。

こんなところで、酒を飲んでいる場合ではない。

「出ようか」

と田嶋は席を立った。美沙はジャケットを腕に抱《かか》え、バッグとデパートの袋を持って、立ち上がった。デパートの袋に、さっきまで着ていた白のブラウスとベージュのパンツが入っているようだった。

どうしても、白い生足に目が行く。

バーで目にする部下の生足は、また格別のものがあることを知る。これほど贅沢《ぜいたく》な眺《なが》めはないのではないか。

「部屋を取ってあるんだ」

バーを出るなりそう言うと、美沙は、はい、とうなずいた。

ホテルのバーのいいところは、なんと言っても、その気になったら、即、部屋に直行出来ることだ。

エレベーターホールに向かう。気のせいか、いつもは微《かす》かに薫る美沙の匂いが、濃く薫ってきていた。

剝《む》き出しの二の腕から、薫ってきているのだろうか。それとも、腋《わき》の下からか。

エレベーターに乗った。部屋は二十八階にある。

田嶋は部下の白い太腿に手を伸ばしていた。どうしても、触りたくて我慢出来なくなったのだ。

「課長……いけません……」

美沙が田嶋の手首を摑《つか》んできたが、払うような仕草は見せなかった。

逆に許しを得たと思った田嶋は、手のひらをぴたっと部下の内腿《うちもも》に押しつけて、撫《な》であげていった。

「あっ……だめです、課長」

美沙の内腿の肌が、しっとりと手のひらに吸い付いてくる。

極上の肌触りであった。

二十八階に着いた。エレベーターの扉が開く。田嶋は名残惜《なごりお》しげに、部下の太腿から手を引いた。

エレベーターから降りる時、美沙がふらっとよろめいた。

田嶋の腕をぐっと摑んできた。

田嶋は部下の腰に腕をまわした。見た目以上に、ほっそりとしていた。

5

カードキーを使い、突き当たりの部屋に入った。前回よりさらに、グレードアップさせた部屋を取っていた。

「なんかすいません。課長にいろいろ散財させてしまって」

広々とした部屋を見るなり、美沙がそう言って、頭を下げた。長い黒髪が、胸元に流れていく。

「いいんだよ」

恐らく、会社の人間で、髪を下ろした美沙を知っているのは、営業部の榊原と俺だけだろう。

それだけでも、充分、元はとれている、と思った。

そう思わせるほど、髪を下ろし、二の腕を出し、太腿を見せつけている真崎美沙の姿は魅力的だった。

このまま、話だけして一晩過ごしても、それはそれで充分といえた。

田嶋は美沙の腰を抱くと、こっちに、と洗面スペースに連れて行った。

大きな鏡に、美沙と田嶋が映る。二十六才の美人ＯＬと四十八になる妻子持ちのおやじ課長だ。

が、おやじ顔が鏡に映っていても、心配はいらない。

美沙は自分の姿を見つめ、田嶋は美沙を見ているからだ。誰も、おやじの姿など見ていない。

田嶋は背後から手を伸ばし、カットソーの胸元を摑んだ。

あっ、と美沙が声をあげ、ぴくっと身体を震わせた。

不感症とは思えない、敏感な反応である。高く張りだしている胸元を強めに摑んでいく。

すると、はあっ、と熱い息を洩らし、美沙が田嶋の手の甲を白い手で包んできた。

美沙は鏡に映っている自分の姿を、潤んだ瞳で見つめている。

田嶋はそんな部下の顔を見つめながら、カットソーのフロントファスナーを下げていった。

美沙の胸元が真っ二つに開いていく。すると、淡いピンクのブラに包まれた部下のバストの隆起があらわれた。

簡単に脱がせられるように、フロントファスナーの服にしたのだ。それに、フロントのファスナーを下げて、胸元をあらわにさせるのが、田嶋の長年の夢でもあった。

四十八にして、夢が叶《かな》ったと言えた。

さらにフロントファスナーを下げると、平らなお腹があらわれる。縦長のへそがセクシーだ。

ウエストのくびれが素晴らしい。まさに、折れそうなほどだ。

「スタイルいいね、真崎くん」

鏡の中の美沙が、小さくうなずく。

田嶋は真っ二つに開いたカットソーを、脱がせていった。美沙は恥じらいつつも、脱がせられるのに、協力した。

ブラを外すと、たわわに実《みの》った乳房があらわれた。

いや、とつぶやき、美沙が両腕で乳房を抱いた。二の腕は細く、乳房は豊かなため、すべてを隠しきることはできず、やわらかそうなふくらみの大部分が、はみ出ていた。

それがかえって、そそった。

田嶋は部下の二の腕を摑むと、ぐっと左右に割っていった。

「ああ、課長……だめです……」

あらためて、美沙の乳房があらわとなった。すでに、乳首はツンとしたとがりを見せている。

そこだけ見ると、処女のような淡い桃色の蕾《つぼみ》であった。

大胆な服を着て、心と身体《からだ》を解放させ、殻を破らせる作戦は、想像以上の効果を美沙の身体にもたらしているようだった。

田嶋は部下の乳首を摘んだ。

それだけで、美沙の身体がぴくっと動いた。

「全然、不感症じゃないじゃないか」

「ああ、私じゃないみたいです……ああ、課長にマジックを掛けられたみたいです」

田嶋はじかに部下の乳房を摑んだ。形良く張ったふくらみを、壊《こわ》すように揉《も》みしだきはじめる。

「あ、ああ……課長……」

田嶋の手で、美沙の乳房が揉みくちゃにされていく。色が抜けるように白く繊細《せんさい》なため、すぐに、手形の跡が赤く付いていく。

さらに乳首がとがり、美沙のくびれた腰がくねる。

田嶋は美沙の身体の曲線に沿《そ》って、触手を下げると、ミニスカートに手を掛けた。サイドのホックを外し、ジッパーを下げていく。

「あっ、だめです……課長」

パンティがあらわれた。ブラ同様淡いピンクだったが、デザインがセクシーだった。

田嶋期待のハイレグではなかったが、ローライズのパンティは、腰にきわどく引っかかっているようで、それはそれで、なんともそそるものだった。

田嶋はパンティの上から、美沙のクリトリスを触った。

「あんっ……」

電流が走ったみたいに、パンティだけの美沙の身体がぴくぴくっと動いた。

「ああ、うそみたいです……課長って、すごいんですね。驚きました」

鏡に映った田嶋を見ながら、甘くかすれた声で、美沙がそう言う。

「シミが出てるぞ」

えっ、と美沙が自分の股間に目をやり、うそっ、と声をあげ、パンティのフロント部分を両手で覆《おお》った。

田嶋はパンティを脱がせるのはやめて、もっとシミをつけさせせようと思った。

羞恥心《しゅうちしん》が、美沙の身体に火を点《つ》けているのはあきらかであった。そこを、もっと突いていくのだ。

田嶋は乳首を摘むと、優しくころがした。

「あっ、あんっ……」

美沙がパンティを押さえたまま、身体をくねらせる。

田嶋は美沙の手を摑むと、ぐっと脇へとやった。股間を見ると、シミが広がっていた。

「驚いたね」

大げさに、驚いてみせた。

「ああ、うそですっ……ああ、恥ずかしすぎますっ」

乳房をあらわにされた時以上に、美沙は恥じらっていた。頰《ほお》だけではなく、鎖骨の辺《あた》りまで羞恥色に染めていく。

田嶋はあらためてパンティに手を向けた。クリトリスを突いていく。

すると、あんっ、と下半身をがくがく震わせ、美沙はその場にしゃがみこんでしまった。

ちょうど、美沙の目の高さに田嶋の股間があった。当然のこと、スラックスのフロント部分はテントを張っていた。

「課長、すいません……私ばっかり……」

そう言うなり、スラックスのジッパーを美沙が下げていった。中に白い指を入れられるだけで、田嶋の股間はさらに熱くなる。

トランクスの前から、ペニスを摘みだしてきた。

部下の鼻先で、見事に天を向く。

「課長って、いつもすごいですね」

「そうかい」

言われて悪い気はしない。美沙の前だからすごいのであって、いつもすごいわけではなかった。

勃起するしないは、精神的なものが大半を占《し》めることを、あらためて気づかされていた。

美沙が唇を寄せてきた。ちゅっと先端にくちづけるなり、唇を開き、銜《くわ》えてきた。

鎌首が、いきなり部下の唇に吸い込まれた。

「あっ、ああ……」

今回は、鎌首を銜えられただけで暴発させたりはしなかったが、田嶋は女のように腰をくねらせていた。

美沙は反り返った胴体の半《なか》ばまで呑み込んできた。

「ああ、気持ちいいよ、真崎くん」

人生最大の気持ち良さ、と言っても過言ではなかった。先端から胴体の半ばで、ペニスがとろけてしまいそうだった。

このままだと、美沙の口の中に出してしまいそうで、田嶋は美沙を立たせた。パンティを見ると、シミがさらに濃くなっていた。

「課長、私……今夜は……女になれそうです」

田嶋を見つめる黒目を妖しく潤ませ、乳首はツンととがらせ、パンティのフロント部分には淫《みだ》らなシミを浮かせている。

前戯は完璧であり、美沙の身体はいつでもOKと言えた。

田嶋はあわててジャケットを脱ぎ、ネクタイを外し、ワイシャツのボタンを外していった。

その間に、美沙が田嶋の下半身から、スラックスとトランクス、そして靴下まで脱がしてくれた。

室内の明かりを暗くし、ベッドの横で、美沙の身体に残っている最後の一枚を脱がせていった。

「見てごらん、真崎くん。糸、引いているよ」

美沙の割れ目が当たっていた部分から、蜜が糸を引いていた。

ちらりと見た美沙が、いやっ、と両手で顔を覆った。

田嶋はパンティを脱がせるなり、素っ裸にさせた美沙をベッドに寝かせた。そして、美沙の両足を摑むと、ぐっと左右に開いた。

あっ、と美沙が両手を股間にやる前に、田嶋は顔を埋めていた。

甘い匂いに鼻孔が包まれると同時に、鼻先にぬめりを感じた。美沙がにじませた蜜であった。

田嶋は少し顔をあげ、閉じかけていた割れ目をくつろげた。目の前に、美沙の花園が広がる。

「あ、ああ……だめです……」

と美沙が両手で花園を覆ってくる。

田嶋は美沙の両手を脇にやるなり、クリトリスを舐めていった。

すると、あんっ、と甘い声をあげて、美沙が腰をぴくぴくさせた。

田嶋はペニスで美沙を感じたくなった。

顔を起こすと、ペニスの先端を美沙の割れ目に当てていく。ペニスは鋼《はがね》のようだった。

「入れるよ」

「ああ、課長……」

田嶋は腰を突き出した。野太い先端が、閉じかけた割れ目をぐぐっと開き、ずぼり、と入っていく。

あうっ、と美沙の形の良いあごが反る。

田嶋はさらに腰を突き出した。鎌首が、美沙の肉の襞《ひだ》の連なりをえぐっていく。

「ああっ……課長っ……硬いですっ」

「熱いな、真崎くん」

部下の媚肉《びにく》は、まさに燃えるようであった。しとどにあふれた蜜が、ほどよい潤滑作用をみせている。

奥まで貫くと、田嶋は部下の両足を抱えた。折るように胸元に倒しつつ、さらに腰を進める。

「あぁっ……すごいっ」

深々と突き刺さり、美沙が田嶋の腕にしがみついてくる。

「真崎くんもすごいよ。すごく締めてきているぞ」

「ああ、そうなんですか、課長……ああ、私にはよく……ああ、わかりません」

田嶋は一撃一撃に力を込めて、部下の媚肉を突いていった。

すると一撃一撃に、美沙が応《こた》えてくれた。ああっ、と声をあげ、ぎゅっと二の腕を摑んでくる。

「ああ、変です……ああっ……もしかして……ああっ、課長」

熱い粘膜が、きゅきゅっと締め付けてくる。

「いくのかい、真崎くんっ」

田嶋の声も上擦《うわず》っている。

「あ、ああ……いきそうですっ……ああ、課長、私、いきそうですっ」

強烈な締め付けに耐えきれず、田嶋が暴発させると同時に、

「いくっ」

と美沙が告げていた。

翌日——当たり前だが、真崎美沙はいつもと変わらぬ様子で出勤してきた。長い髪をアップにまとめ、化粧は薄め。黒のジャケットに白のブラウス、そして黒のパンツルックであった。

どこからどう見ても、堅物そうなOLであった。

が、田嶋は知っていた。田嶋だけが知っていた。

あの黒のジャケットの下には、敏感な乳首が潜《ひそ》んでいることを。あの黒のパンツの下には、とめどなく蜜があふれる熱い花園があることを。

田嶋はパソコンに向かう部下の姿を見ながら、勃起させていた。こんなことは、社会人となって、はじめてのことだった。

美沙のおかげで、二十才は若返っていた。

美沙が席を立った。こちらに向かってくる。いつもと変わらぬ知的な表情だ。

田嶋の脳裏《のうり》に、美沙の裸体が浮かび上がり、ペニスがトランクスの下でひくついた。

「課長」

と呼ばれ、美沙がいった瞬間が蘇《よみがえ》り、ドキッとなる。

「どうかされましたか」

美沙はあくまでもいつもと変わらない。さすが真崎くんだな、と田嶋は感心した。

祈《き》禱《とう》

西門 京

著者・西門《さいもん》　京《けい》

一九九〇年『兄の婚約者』でデビュー。ペンネームの由来は『水滸伝』、『金瓶梅』に登場する色男・西門慶《さいもんけい》から取ったもの。主に家族の中の禁断の性をテーマに執筆を続けている。祥伝社文庫の官能アンソロジー『秘本　卍』のほか、東山都《ひがしやまみやこ》名義で『秘本　陽炎』『秘戯』『秘戯　めまい』に作品が収録される。

世田谷《せたがや》の一等地に店を構えるミールと言えば、有閑《ゆうかん》マダム御用達《ごようたし》として知られる、超高級ジュエリーショップである。この不景気の中でも、売り上げは落ちるどころかかえって伸びているという噂《うわさ》であり、同業者を羨《うらや》ましがらせている。

だが、その好業績には裏があった。実はミールでは、上客を集めてソサエティという名の秘密倶楽部を作り、高価な宝石の見返りとして、淫靡《いんび》なセックスサービスを施《ほどこ》していたのだった。

彼女たちの相手をするのが、元ホストなどの経歴を持ち、女性の扱いにかけては猛者揃《もさぞろ》いの特別店員たちだ。その中でも、売り上げばかりか顧客の満足度という点でダントツを走っているのが、君島裕一《きみしまゆういち》である。

この日も君島は、ミールの最上階にある完全防音の一室で、ベッドに仰向《あおむ》けになりながら、屹立《きつりつ》した下腹部をリズミカルに突き上げていた。彼の上では、美しい女性が素晴らしいプロポーションをくねらせ、淫《みだ》らなよがり声を絶え間なく上げ続けている。

彼女は、岩崎志摩子《いわさきしまこ》という三十過ぎの未亡人だった。彼女の生家は、戦前からの伝統あるデパートを経営する一族で、彼女も父と婿《むこ》養子だった夫から、莫大《ばくだい》な資産を受け継いでいる。

「あぁーっ、はあぁっ……」

志摩子が長い髪をふり乱し、たまらなげに裸身をのけぞらせて、一際《ひときわ》高い悲鳴をあげた。滑《なめ》らかな皮膚から、鍛《きた》えぬかれた男の肉体に汗がしたたり落ちる。

それを合図とするかのように、君島は、それまで彼女のヒップをつかんでいた両手をおもむろに離し、顔の上で、たわわに揺れる双つの大きな肉塊に下から、あてがった。手から飛び出さんばかりにうねる乳房をいたぶるようにこねくり回す。

「そ、それっ……いいわっ」

君島のテクニックは、信じられないほど巧《たく》みだった。何度か浅突きしながら、志摩子の気分を巧妙《こうみよう》に高める。志摩子が、焦《じ》れてたまらなくなってきたのを見極めて、肉棒がこぞとばかりに奥の奥まで深々と抉《えぐ》ってくる。

「き、君島さん、すごい。もう、どうにかなっちゃいそうっ」

媚肉《びにく》の狭間《はざま》がキュッと痙攣《けいれん》して、君島の剛直を強烈に咥《くわ》え込《こ》んだ。同時にヒップが、上下ばかりか前後左右に猥雑《わいざつ》にうごめき、まるで彼の精力を吸い尽くさんばかりの勢いで責めたててくる。

「むうっ……」

それでも、百戦錬磨の君島は慌《あわ》てなかった。

豊かな乳房の真ん中に、濃く色づいた乳首が、固くこわばって手のひらを押し返している。それを、人差し指と中指でつまみ、外側に向かって強めに捩《ね》じるようにしてやると、白い上半身が限界までのけぞった。

「はううっ……」

電流のような刺激が呼び水となって、官能の大波が全身を洗う。志摩子は、たまらずに豪奢《ごうしゃ》な女体をのたうたせ、悲鳴にも似たよがり声をあげながら、後から後から噴《ふ》き上げて来る快感をいっぱいに貪《むさぼ》っていた。

「ねえ、君島さん。あなたに、是非《ぜひ》とも、お願いしたいことがあるんだけど……」

汗まみれの全身を、うっとりと君島の肉体に預けていた志摩子が、まだ荒い息づかいで、突然言い出した。

「お願い……ですか？」

君島は、悪い予感を覚えずにはおれなかった。案の定《あんじょう》、志摩子夫人は無邪気な笑顔でうなずく。

「ええ、そうなの。知り合いの女性《ひと》のことなのよ」

（やっぱり！…）

実は、志摩子夫人にはレズっ気があり、かつて、想いを寄せる女性をモノにするのに手を貸すように頼まれたことがあったのだ。そのときは、君島は医者のふりをさせられ、夫とのセックスで感じないと悩む新妻の肉体を診察する羽目《はめ》になったのである。

「あのう……まさかその方も、ご主人とうまくいっていないなんてことは、ないでしょうね」

志摩子が、同じことを思い出したのか、クスリと笑った。

「違うわよ、安心して。だって彼女、未亡人だもの」

志摩子の相談というのは、神野早織《じんのさおり》という年下の友人についてだった。三年ほど前に夫を亡くして長く喪《も》に服《ふく》していた彼女を、未亡人の先輩である志摩子は、いつまでも沈んでいちゃ駄目よと、様々な場に誘い出した。そして、首尾よく新しい恋人ができたというのだが……。

「いざというときに、前のご主人の顔が浮かんできて、どうしても相手を受け入れられなくなってしまったんですって」

それも一度きりでなく、二度三度と続いたものだから、最初は、そんなこともあるさと鷹揚《おうよう》だった男性のほうもすっかり腐《くさ》ってしまった。おかげで、二人の仲が気まずくなりかけているのだという。

「それにしても、三年もたってるのにご主人の面影が浮かぶなんて、よほど愛しておられたんでしょうか」

「違うわよ。それだったら、まだ救われるわ。彼女の旦那さんって人は、ひどいマザコンで、しかも暴力男だったの」

「じゃあ、愛《いと》おしく思い出すというよりも、恐怖感がこみ上げてくるという……」

「そうよ。しかも旦那さんは、酔っ払って交通事故死したんだけど、無念の表情がすごかったらしいの。その顔が、そのまま出てくるんだって……」

「うぐ……」

君島も、聞いていて気分が悪くなってきた。

「元々、早織さんったら、縁起やら迷信なんかをひどく気にするほうだったのよね。それでお祓《はら》いをしたら、そこの先生に、前の主人の霊が憑《つ》いているって言われちゃったのよ」

「なんとまあ……」

「何度も通ってかなりお布施《ふせ》を払って、それでも霊の力が強くてなかなか祓い切れないとかごまかされて。あたしが気づいて止めなかったら、財産を根こそぎ毟《むし》られてたかもしれないわ。それなのに、彼女ったら、そんな怪しげな御託宣《ごたくせん》をすっかり信じ込んじゃって、可哀相《かわいそう》なほどやつれてるの。『貞女は二夫にまみえず』を守らなかったのが悪かったって、自分を責めるんですもの。このままじゃ、おかしくなっちゃうわ」

愛していた夫のことを忘れられずにいるならともかく、生きているときに苦しめられた相手に死んでからもというのでは、あまりに哀《あわ》れ過ぎる。

「ところで、先ほど相談と言われましたが、何で私にお友達の話を？……」

君島の問いに、志摩子の瞳が悪戯《いたずら》そうに輝いた。

「フフッ……いやねえ、とぼけちゃって。もう、わかってるくせに」

「と、言われますと？」

「だから、彼女のお相手をしてほしいのよ。君島さんの素敵なテクニックなら、きっと前の夫のことなんか、忘れてしまうと思うの」

君島は、頭を抱えた。志摩子は彼に、早織を抱いて、前夫のことを忘れさせろと言っているのだ。

「そ、それは無理ですよ。だってその方、ミールの会員でもない上に、結婚しようと思っている恋人がいらっしゃるんでしょう。いくら私が誘っても、受け入れてもらえるものじゃありませんよ」

「言われてみれば、そうよね。じゃあ、どうしたらいいかしら」

困り切った顔で相談され、面倒なことになるとわかっていても、つい思案をしてしまう君島だった。

「さっきのお祓いの話で、思いついたことがあるんです。ちょっと強引かもしれないけど、こういうのはどうでしょう……」

君島のアイデアを聞いて、志摩子の表情が目に見えて明るくなった。

「なるほどね。彼女には、そういう芝居がかったやり方のほうがいいかもしれないわ。さすがね、君島さん」

数日後、志摩子が早織を連れてきたのは、新宿の裏通りにある、七階建ての狭い雑居ビルだった。

「志摩子さん、本当にこんなところに、偉い霊能師の先生がいらっしゃるんですの」

「ええ、そうよ。以前は、お店を構えてらしたんだけど、人が次から次へと押しかけてくるのが煩《わずら》わしくなって、今は紹介された人だけを観ておられるの。あなたの問題も、きっと解決して下さるわ」

「だとよろしいんですけど……」

運転手を待たせ、エレベーターを最上階で降りると、右手のドアには水鏡院《すいきょういん》という小さな名札がかかっている。インターホンを押して名乗った志摩子は、「どうぞ」という声に、ためらう早織の肩に手をかけて彼女を押し込んだ。

ドアの向こうにかかった暗幕をくぐると、そこは、ぼんやりとした灯りに照らされたうす暗い小部屋になっていた。部屋の正面には、大きな曼陀羅《まんだら》がかかり、その前に、墨染の法衣《ほうえ》に錦の袈裟《けさ》を身に纏《まと》い、烏帽子《えぼし》形の白頭巾《ずきん》を被《かぶ》った君島が、厳粛《げんしゅく》な面持《おもも》ちで正座している。巧妙なライティングのおかげで、彼の背後から、まるでオーラが輝いているかのようだ。

実は、このビルは志摩子の持ち物で、三か月ほど前にスナックが潰《つぶ》れてから借り手がなくなってしまった物件だった。その内部を、いかにも霊能師にふさわしいような、おどろおどろしい雰囲気に改装したのである。

「神野早織さんですな」

「は、はい、よろしくお願いします」

早織が、怯《おび》えたようにか細い声音《こわね》で返事をする。

「事情は、岩崎さんからお伺《うかが》いしております。何でも、ご主人の霊が現れるのだとか」

「そ、そうなんです。最近では、夢にも出てくるようになってしまって……」

「それはいけませんね。ならば、早速《さっそく》観てみましょう。この浄《きよ》めの水をお飲みいただけますか」

君島が、白磁《はくじ》の瓶子《へいし》から平らな杯《さかずき》に透明な液体を注《つ》いだ。早織は、一瞬ためらったものの、両手でそれを捧《ささ》げ持つようにして口をつけ、ゆっくりと飲み干していく。

それに合わせるように、数珠《じゅず》を手に、君島が般若心経《はんにゃしんぎょう》を唱《とな》え始めた。

「観自在菩薩《かんじざいぼさつ》　行深般若波羅蜜多時《ぎょうじんはんにゃはらみったじ》　照見五蘊皆空《しょうけんごうんかいくう》　度一切苦厄《どいっさいくやく》　舎利子《しゃりし》　色不異空《しきふいくう》　空不異色《くうふいしき》　色即是空《しきそくぜくう》　空即是色《くうそくぜしき》……」

志摩子は、堂に入った君島の演技に舌を巻いていた。いかにも威厳があり、徳の高い高僧に見える。しかも、念の入ったことに、毛のない鬘《かつら》をかぶっているのか、頭巾の下から地肌の色が覗《のぞ》いているのだ。

君島が般若心経を選んだのは、日本人の大半が耳にしたことがあるお経で馴染《なじ》みがある上に、いかにも神秘がかっているからだと言っていた。おまけに短いので、一夜漬けでも覚えられる。

「羯諦羯諦《ぎゃていぎゃてい》　波羅羯諦《はらぎゃてい》　波羅僧羯諦《はらそうぎゃてい》　菩提薩婆訶《ぼじそわか》　般若心経《はんにゃしんぎょう》。喝《か》ぁっっ！！」

いきなり気合が部屋に響きわたり、神妙に正座していた早織ばかりか、志摩子までがビクッと跳《は》ね上がった。

「わかりました。あなたに憑いているのは、狐《きつね》の霊ですな」

「狐……ですの？」

想像もしていなかった言葉に、早織が目を丸くする。君島は、言葉に重みを込めて、ゆっくりとうなずいた。

「この世には、獣の邪霊があちらこちらにさまよって、弱った人を常に狙っているのです。恐らくあなたの場合も、ご主人が亡くなられて気落ちされたとき、取り憑いて悪さを始めたのでしょう」

早織は、しばらく茫然《ぼうぜん》としていたが、やっとのことで、言葉を絞《しぼ》り出すように言った。

「そ、それでは、わたくしに何か恨みがあって、あの人が祟《たた》っているというのではないのでしょうか」

「もちろんですとも。そもそも、人に生まれるということ自体、前世でかなりの徳を重ねてきたという証拠。亡くなる際には、すべて現世のしがらみを捨てて成仏《じょうぶつ》されるものです。その相手に殺されたというのでもない限り、人を呪ったり恨めしく思って迷い出るようなことは、まずありませぬ」

「まあ……そうなんですの」

きっぱりと言い切った君島に、早織は明らかにホッとした様子だ。

「で、でも、どうして前にお祓いをしてもらったときには、それがわからなかったのかしら。あのときの先生は、確かに主人の霊が憑いているっておっしゃってましたわ」

首をかしげた早織に、志摩子は冷や汗をかいたが、君島は落ち着いた口調で言葉巧みに彼女を説き伏せていく。

「そもそもお祓いというのは日本神道《しんとう》のものですが、神道では、稲荷《いなり》神社を見ればわかりますように、狐を神様の使いとして崇《あが》めておりましょう」

「ええ……」

「ですから、狐の霊が悪さをしていても、ごまかされてしまうのです。拙僧《せつそう》の修《おさ》めた行は、密教を基にしておりますので、惑わされることもなく狐の姿が見えるというわけです」

「そうでしたの。それでわかりましたわ」

もちろん、すべての神社で狐が神様とされているわけではないのだが、自信たっぷりに言い切られて、早織はすっかり君島を信じた様子だ。脇で聞いていた志摩子は、聞こえないようにフウッと安堵のため息を吐き出した。

「それでは、今から除霊を行ないます。どのように行なうかは、岩崎さんに聞いておいていただけましたか」

「は、はい……。素肌にお経を書いていただくと聞きました。それで、家を出る前に水で沐浴《もくよく》して参りましたが、それだけでよろしかったのでしょうか」

「結構です。それでは、身に着けているものをすべて脱いで、こちらの布団《ふとん》の上に横になって下さい」

「あの……やはり、全部脱ぐんですの」

「はい、何一つ身に着けてはいけません。これが、動物霊を追い出すのに最も確実なやり方なのです」

「で、でも……」

予《あらかじ》め聞いていたとはいえ、さすがに早織の顔は蒼ざめている。いかに相手が霊能師とはいえ、会ったばかりの男の前で肌をさらすとなると、ためらうのも無理はない。

志摩子は、彼女を宥《なだ》めるようにその肩を抱いた。

「大丈夫よ、先生にすべてお任《まか》せするの。すごく実績のある方なんだから」

「え、ええ……」

それでも早織は、まだ迷っている様子だ。自分がいないほうが決断しやすかろうと考えて立ち上がりかけた志摩子だったが、それを早織が引き留めた。

「ま、待って、志摩子さん。お願い、一緒にここにいて。でないとわたくし、恥ずかしくてとてもできないわ」

「え？……」

志摩子は、思いがけないなりゆきに戸惑った。それを、君島が素早くフォローする。

「それでは岩崎さん。拙僧は席を外します故《ゆえ》、早織さんがお脱ぎになるのを手伝ってあげていただけますか」

「は、はい……」

志摩子は、仕方なくうなずいた。

君島が出て行くと、早織は志摩子に背を向けて、ためらいがちにワンピースに手をかけた。すべてを脱ぎ、用意されていた籠《かご》に入れて、両手で胸と下腹部を隠してこちらに向き直る。

（まあ……）

志摩子は、年下の友人の美しい裸身を、うっとりと見つめた。

三十を越えた自分と違って、まだみずみずしさを失わない肌に、嫉妬めいた感情が湧《わ》き上がってくる。君島もきっと、この肉体には夢中になるに違いない。

「いやだ、見ないで下さいな。恥ずかしいわ」

慌《あわ》てて言いながら、早織が真っ白なシーツの上にうつ伏せに横たわった。

「お願い、志摩子さん。どこにも行かないでね、ここにいて」

「いいわよ、大丈夫」

志摩子は、安心させるように早織の手をとった。汗ばんだ華奢《きやしや》な指が、ギュッと握ってくる。

君島が入ってきたのは、そのときだった。

(これは……)

君島は、うつ伏せに横たわった早織の裸身を、感嘆の思いで見つめた。

ヒップは小さめだが、何とも流麗なカーブを描いている。身体の線がほっそりしている上、ウエストがクッキリと締《し》まっているせいで、突き出した感じが強調される。

加えて、乳房の肉が、身体の下で潰《つぶ》れて腋《わき》からはみ出し、ぷっくりとした白いふくらみを形づくっている。風船に力をかけると、表面が薄くなって限界まで張りつめる、あの感じだ。

(む、いかん……)

ぼうっと見とれそうになるのを、頭を振ってこらえた君島は、手にした面相筆《めんそうふで》を、漆《うるし》の容器に満たされた液体にたっぷりと浸《ひた》した。中身は、人肌のぬるま湯で薄めたラブローションに、ピンクの染料を溶かしたものだ。

筆の穂先を、早織のうなじにやさしくあてがう。剝《む》き出しになった背中へと、筆の弾力を巧みに利用してくすぐるように撫《な》でさすると、染み一つない柔肌が、ビクンと震えてこわばった。

君島が、咎《とが》めるように言う。

「力を抜いて。御仏《みほとけ》の慈悲に心を任せるのです」

「は、はい……」

早織はハアッと息を吐き出したものの、志摩子の手をギュッと握りしめるばかりで、力を抜くことなどまったくできない有様《ありさま》だ。

「観自在菩薩　行深般若波羅蜜多時　照見五蘊皆空……」

低い声で唱えながら、君島は彼女の背中に般若心経の文字を書いていった。ただし、漢字は覚え切れなかったため、かなり適当である。

「ああ……はあん」

じっくりと、筆を下へ滑らせていくに従い、早織の緊張が否応《いやおう》なく高まってきたのがわかる。いくら抑《おさ》えようとしても、セクシーなため息が唇の間から続け様に漏れ、身をよじる回数が増えてくる。

「ご気分はいかがですか？」

意地悪く聞いてみると、早織が顔を真っ赤にして答えた。

「わ、悪くないですわ。あんっ……はんんっ」

両手を握りしめ、モジモジと上体をくねらせ、イヤイヤをするように首を捻《ひね》るが、君島を止めようとはしない。だが、腰を越えてヒップにかかったところで、早織の全身がピクッと硬直した。美貌をねじ曲げ、潤《うる》んだ瞳で、救いを求めるようにこちらを見つめてくる。

「せ、先生。そんな……」

勿論《もちろん》、君島は容赦《ようしゃ》しなかった。柔らかな穂先を、裏の中心へと近づけていくに従い、両手がギュッと握りしめられる。

「はん……ああんっ……先生っ」

性感を訴えるなまめかしい喘《あえ》ぎとともに、尻たぼが逃げるように左右に打ち振られる。それを巧みに追いかけ、ついに矛先《ほこさき》が割れ目に入り込んだとき、「ククッ」という押し殺した呻きがあがり、もっと言うように、両のヒップが浮き上がった。

その淫らがましい眺めに、さすがの君島も身内の昂《たか》ぶりを抑えるのが苦痛になってきた。志摩子のほうを覗き見ると、案の定、彼女も顔を真っ赤に火照《ほて》らせ、両の太腿を擦り合わせるように身をよじっている。

(よし、次は……)

筆を脇に回すと、早織が、ため息とも喘ぎともつかない声を漏らした。優美な曲線を描く側面を、じっくりと撫で上げ、綺麗に毛を剃られた腋の窪《くぼ》みを執拗《しつよう》に撫でまわしてやる。

「ああっ……あんっ、く、くすぐったいっ……はああっ」

早織の肉体は、くすぐったいという感覚を、疾《と》うに通り過ぎているはずだった。それでも、筆のような道具によって悦びを認めるのは恥ずかしいのだろう。あくまでも、そのふりをするところが可愛らしい。

（どこまで我慢できるかな……）

意地悪な気分に襲われるまま、筆先を先端に向けて撫で降ろしていく。刺激が、敏感な箇所に及んでくる気配に、慌てたように腋が閉じた。

「いけませんぞ。すべての場所にお経を書かなければ、邪霊を祓うことはできませぬ」

厳粛な声で咎められ、早織が苦しげに呻く。

「で……でも、くすぐったいんです。ああん……」

「我慢するのです。うまく除霊できるかどうかが、これにかかっておるのですから」

「は、はい……こ、これくらいでよろしいのでしょうか」

たまらなげに呻きながら、縮《ちぢ》こまっていた肘《ひじ》が前に伸びていく。

「もっと大きく開かれよ。恥ずかしいでしょうが、ご自分のためなのですから」

「そんな……ああ、どうしたら」

ためらいながらも、期待するように腋の下がさらに開いた。いかにも柔らかそうな乳房の肉に続いて、ついには、うす茶色の頂点があらわになる。君島は、舌なめずりせんばかりに、新たに剝き出しになった領域へと、攻め込んでいった。

「せ、先生……そんなっ」

いかにも張りつめたふくらみの上を、宥めるように、時には強く時にはやさしく撫でまわす。もう少しで乳首まで届きそうなところにまで筆を伸ばすと、泣きそうな喘ぎが聞こえてくる。

淫靡なくすぐりをたっぷりと愉《たの》しんだ君島は、頃は良しと、筆先を引き上げた。いきなり刺激から解放された早織の身体が、フラストレーションを起こしたように小刻みに震え、切羽詰《せっぱつ》まった呻きが食いしばった歯の間から漏れる。

「くうっ……」

君島は、興奮を鎮《しず》めるために咳払《せきばら》いをすると、重々しい口調で言った。

「後ろは、無事書き終わりましたが、まだ前半分が残っています。次は、仰向《あおむ》けになっていただきたい」

「ど、どうしても、そうしなければいけませんの」

早織が、泣きそうな顔で訴えてくるのに、重々しくうなずく。

「いかにも。今、身体の半分がお経で覆《おお》われ、狐の霊はたいへん苦しんでいるところです。この絶好の機会に落としてしまわねば、また身体の内部に潜り込んで、害をなすことになります故」

「わ、わかりましたわ、仕方ありませんのね。……でも、ああ、恥ずかしい……」

吐き出すような呻きとともに、早織の身体がゆっくりと横に転がり、何一つまとわぬ裸身が仰向けになった。片手は秘所を覆い、もう一方の腕が胸の上を横切っているものの、見事なプロポーションは隠しようがない。

(うーむ……)

君島は、喉《のど》から飛び出しそうになった唸《うな》り声を、危ういところで嚙《か》み殺した。目を上げると、志摩子も大きく目を見開いて、その艶美な光景に見とれている。

華奢な肢体からは不釣り合いに思えるほど大きな乳房が、荒い息づかいとともに、ゆっくりと揺れながら上下している。いかにも柔らかそうなのに、仰向けになっても崩れるどころか、ツンと上を向いて彫像のような美しい形を保っているのだ。

キュッとくびれたウエストからは、二本のスリムな脚がすらりと伸びている。そして、太腿のつけ根には、見過ごしそうになるほど薄い草むらが密やかな佇《たたず》まいを見せ、その下にあるはずの女性だけの器官を、慎《つつ》ましげに隠している。

内心の興奮を押し殺しながら、君島は早織の身体の上に屈《かが》み込んだ。

「それでは、再開します。腕を横に降ろして」

「は、はい……お願いします」

蚊《か》の鳴くような声とともに、両手が布団の上に落ち、美しい乳房が剝き出しになる。

「観自在菩薩　行深般若波羅蜜多時……」

胸のふくらみの下側に軽く触れ、同じ高さのところを回りながら、急峻《きゆうしゆん》に盛り上がったスロープにお経の文字を書いていく。

「はああっ……」

次第に頂点の突起に近づいていくと、何かを耐えるように早織の両手がシーツを握りしめ、固く閉じていた目が狼狽《ろうばい》したように見開かれた。

「だ、駄目、そんな……ああっ」

濃く色づいた乳暈《にゆううん》の周囲を、くすぐるように撫でまわす。乳首に触れるか触れないかのところで、焦《じ》らすようにもう一方の乳房に移り、またもじっくりと撫で上げていく。

「はうっ……あふううっ」

セクシーな喘ぎとともに、長い髪がたまらなげに左右に振られ、重量感のある乳房が、ブルブルと揺れ動く。無意識のうちに、敏感な箇所に少しでも触れてもらおうとしているかのようだ。

正直なところ、君島としてもこんな筆のような道具よりも、自分の手でふくらみを揉みしだき、乳首に吸いつきたいところだ。とはいえそれを必死で我慢して、淫靡な作業を続けるのにも、奇妙な興奮を感じてしまうのだった。

「ね、ねえ、お願いです。そ、そこの真ん中にも、お経をっ」

ついにたまらなくなったのか、叫びとともに上体がグイッとのけぞり、おねだりをするように、乳房が突き上げられた。

「えっと……、ここですかね」

初めて気づいたふりをして、乳首の根元に柔らかな筆の穂をあてがい、頂点に向けて螺《ら》旋《せん》を描く。

「あはあーっ……そ、そこをっ」

悦びを訴えるよがり声が、室内に響きわたった。

「気持ちいいですか」

「い、いいですっ。も、もっとそこをっ……」

「でも、もう書くところがなくなってしまいましたから」

「ひどい、やめないで下さい。お願い、続けてっ……」

リクエストに応えて突起の先端につぼめた穂先を押し当て、ドリルのようにグルグルとこねくり回す。

「あぁーっ」

早織は、どうにもたまらないというようにもがき、上体をエビのようにそらしては、ドシンと布団に落とすような動きを繰り返していた。

最初は小さかった乳首は、今や倍近くにまで膨《ふく》れあがっていた。それを確かめ、今度は、まだそれほど大きくなっていない反対側に矛先を向ける。

「こちらの方も、ちゃんと書いておかないといけませんからね」

「え、ええ、そうですわね……くふうっ」

左右が同じ大きさになるまで、たっぷりと乳首をいたぶった君島は、やがて先端からゆっくり離れた。早織が、名残惜《なごりお》しそうにすすり泣きを漏らす。

「それでは、いよいよお腹のほうへ移ります。すでに、狐はかなり苦しがっていますから、あなたの身体の中で暴れるかもしれません。苦しかったら、声をあげてもかまいませんからね」

「は、はい……」

妖《あや》しく潤んだ瞳で、早織がうなずいた。今や、彼女の肉体を支配しているのは、肝心《かんじん》の場所に一刻も早くさわってほしいという淫らな期待ばかりだ。

崖のようになった乳房の麓《ふもと》から、なだらかなウエストに向かって筆が降りていくに従い、低い呻き声とともに上体が妖しくくねる。何かを求めるように早織がこちらを見つめるのを、わざとはぐらかせるように、形のいいお臍《へそ》の縁《ふち》を、やさしくなぞってやる。

「うくっ……」

くすぐったいのか、それとも焦らされる苦しみなのか、早織が身をこわばらせる。その悩ましげな表情が、震えがくるほど色っぽい。

「ああんっ……先生。わ、わたくし、もう……」

耐え切れないように訴える叫びとともに、もじつくようにして絡み合っていた両脚が、いきなり大きく割り開かれた。その奥からは、すでに輝くような液体が溢《あふ》れ、太腿までを濡らしているではないか。

これには、さすがの君島も興奮を抑え切れなかった。ここぞとばかりに、両脚のつけ根に直接攻め込んでいく。

「ああっ……そ、そこはっ……」

薄い茂みの下から覗く割れ目に触れた途端、悲鳴にも似た呻きがあがり、それとは裏腹に、両脚が期待するようにいっそう大きく開いた。足首がヒップにつくほど曲げられ、腰が浮いて、内部の鮮紅色の肉襞《にくひだ》までが、目にもあらわにさらけ出される。

「色不異空　空不異色　色即是空　空即是色……」

我を忘れないよう、般若心経を一心に唱えながら、君島はぬめる亀裂を丹念になぞっていった。全身をくねらせて、快感に身悶える早織の姿は、凄絶なまでに淫猥だ。

「あーっ、変になっちゃいそうっ……ね、ねえ、先生。わたくし、どうしたらいいんですのっ」

あまりの快感に、早織が我を失ったように叫ぶ。君島は、筆の動きを速めながら呼びかけた。

「大丈夫。気持ちがよくなっているのは、まさに、狐が苦しんでおる証《あかし》なのです。さあ、リラックスして、筆の動きに身を任せて」

「ほ、本当にいいんですのねっ……。あーっ、先生。いいわっ、もっと、もっとしてっ」

君島の言葉に安堵したのか、早織は最早、悦びの声を隠そうともしなかった。腰が、君島を誘い込むように浮いては沈み、背中がのけぞっては、大きな乳房が限界まで震える。

「い、いいっ、すごくいいーっ……。ああっ、おかしくなるっ」

頃は良しと君島は空《あ》いた手で、法衣のたもとから太めの筆を取り出し、志摩子に差し出した。陶然と早織の痴態に見入っていた志摩子が、ハッと顔を上げるのに、わけ知り顔でうなずく。

志摩子は、思いがけない贈り物に、ゴクリと生唾《なまつば》を飲み込んだ。早織に握られて塞《ふさ》がっているのと反対の手で筆を受け取ると、舌なめずりをしながら、大きく開いた股の間に顔を近づけていく。

そこは、すでに洪水のようになっていた。ムッとする熱気がたち込め、普段の清楚《せいそ》な早織からは想像もつかない、濃密な匂いが鼻腔《びくう》に入り込んでくる。

細く縮れた黒い毛が、秘唇の縁にベットリと絡みつき、内部の鮭肉色《さけにくいろ》とのコントラストに、思わず息を吞む。レズの経験が豊富な志摩子でさえ、これほど淫らな眺めは初めてだ。

ワクワクしながら、君島が引き上げたところへ、自分の筆を差し向ける。

毛の一本一本が、ぬめりの中をさまざまな方向に広がり、奥へ奥へと入り込む。しなりを使って抉《えぐ》るようにかき乱すと、いっそう甲高《かんだか》くなった喘ぎ声がやがて途切れ、そしてまた、たまらなげに再開される。

「ああーっ、そんなっ……」

パックリと開いた割れ目の上方に、可愛らしい肉芽が、もの欲しげに飛び出してきている。志摩子が、その急所を見逃すはずがなかった。最初は根元の周囲をやさしく愛撫し、そして徐々に先端へと攻撃の手を進めていく。

「ヒイィ……」

それは、見る見るうちに倍近い大きさに膨《ふく》れあがった。被っていた薄皮が剝《む》けて、ヒクヒクと痙攣する。唇の内部からは、トロリとした悦楽の蜜が嬉《うれ》しげに湧き出してくる。

（ああっ、すごい。あたしまで、感じてきちゃいそうっ……）

一方、早織を志摩子に任せた君島は、法衣を手早く脱いで、素っ裸になっていた。このときのために、すぐに脱げるような仕掛けをしてあったのだ。下半身には、自慢のこわばりが大きくそそり立っている。

「せ、先生、それって……」

不穏な気配を感じたのか、快感に朦朧《もうろう》となっていた早織が薄目を開けて、怯《ひる》むような様子を見せる。だが、君島は厳《おごそ》かに首を振って、早織に反論の隙《すき》を与えない。

「狐にとどめの一撃を与えて、追い出してやるのです。早織さんは、狐が出て行くように一心に祈って下さい」

「で、でも……」

「大丈夫よ、先生を信じて。ね、私も、ついてるから……」

志摩子が、フォローをしてくれる。君島は構わず、開ききった脚を閉じることもできない早織の、股の間に進んだ。

「だ、駄目です、そんな……。駄目っ……。ああーっ、す、すごい。こんなっ」

高まりが、ふんだんな蜜の滑りに助けられ、狭隘《きょうあい》な肉路に入り込んでいく。きつい締めつけに思わず感嘆の呻きを漏らしながら、君島は懸命に冷静な声を出した。

「今、狐が身体から追い出されて、脳天から出て行くところです。わかるでしょう」

「わ、わかりますわ。出て行く。ああっ、どんどん出て行っちゃう」

ズンと根元まで押し込んでは、抜ける寸前まで引いて、また一気に押し込む。単純な繰り返しにも、長らく男に触れていなかった女体はたやすく反応し、随喜《ずいき》の涙を溢れさせるのだ。

「いく、出て行く……。ああっ、い、いっちゃううーっ」

激しい身悶えとともに、早織が全身を大きくのけぞらせた。狭隘な膣の肉が、咥え込んだものをキュウッと激しく締めつける。

「イクうっ！……」

早織が叫んだ瞬間、君島は耐えに耐えたものを、彼女の内部に注ぎ込んでいた。

「すごかったわねえ、早織さんの乱れ方ったら」

まだ夢見心地から覚《さ》めないままの早織に服を着せ、運転手に自宅へ送り届けさせた志摩子が、慌ただしく部屋に帰ってきたのは十分後だった。すでに君島は、鬘を外し、あぐらをかいてリラックスした姿勢でビールを飲んでいる。

「思った以上にうまくいったみたいでしたね。早織さん、何か言ってましたか」

「ええ、これで霊が追い出されたって、感激してたわよ。イッたときにも、旦那のことなんて、全然思い出しもしなかったみたい。きっと彼氏とも、うまくいくに違いないわ」

「それはよかった。やれやれ、今回は疲れましたよ」

君島が、思いっきり腕を上に伸ばした。

「ねえ、それより、こちらのほうを何とかして下さらない？」

「何とかって？」

「うん、わかってるくせに……」

とぼける君島を色っぽい流し目で睨《にら》みながら、志摩子は服を手早く脱ぎ始めた。

「あんな激しいのを見せつけられちゃって、疼《うず》いて疼いてたまらないの。このままじゃ、生殺しだわ」

「うーん、それはきっと、志摩子さんにも淫らな霊が取り憑いたのかもしれませんね。では、早織さんと同じように追い出してあげましょう。今度は、筆を二本使うっていうのはどうですか。きっと、二倍感じると思いますよ」

そう言って君島は、二本の筆を左右の手に取ったのである。

「ああん、すごそうっ……」

すべてを脱ぎ捨てた志摩子が、布団の上に横たわる。やがてビルの一室に、再び女の嬌《きょう》声《せい》が響き始めた。

黒い瞳の誘惑

渡辺やよい

著者・渡辺《わたなべ》やよい

一〇代に『花とゆめ』誌で漫画家としてデビュー。レディスコミックの創成期から過激な画風を武器に、第一線で活躍。以降、小説やエッセイも手がけ、二〇〇三年「R—18文学賞」読者賞を受賞した。祥伝社文庫の官能アンソロジー『秘本　卍』に作品が収録されるほか、近著に『忘れない　忘れない』『いかせてあげます』などがある。

その女をひと目見た時から、破滅の予感がした。

片桐拓人《かたぎりたくと》は、告別式の読経《どきよう》を聞きながら、ちらちらと最後列に目を走らせた。大学時代の山岳部の友人である、水野《みずの》の葬式の席だった。水野は単独で冬山に登り、遭難したのだった。社会人になり妻子持ちになってからは、きっぱり登山から足を洗っていたはずの水野が、なぜ四十過ぎてからいきなり無謀な北アルプス登山に赴《おもむ》いたのか、皆が首を傾《かし》げた。ただ一人、拓人だけがその理由が分かるような気がした。

（あいつは死にに行ったのだ）

友人代表で参列していた拓人は、最後に会った時の水野の沈痛な面持《おもも》ちを思い出していた。

『もう、死んでもいいんだ』

『馬鹿なこと言うなよ。まだやりなおせるさ』

拓人の励《はげ》ましに、水野は虚《うつ》ろな笑いを返すのみだった。

その一週間後に、水野は家族に黙って北アルプスを目指し、山腹で凍死した。元山岳部だったとは思えないいいしろうとのような軽装備だったと、葬式の席で漏《も》れ聞いた。

女は、読経の半《なか》ばで葬儀場に入って来た。参列席の背後から、一瞬不快そうなざわめきが流れて来た。「例の女だ」「恥知らずな」そのささやきに、拓人がふっと背後を見やると、最後列に着席しようとしている女の姿が目に入った。

（あれが……）

写メで見た時より、ずっと美しかった。喪服に透き通るような白い肌が映《は》え、化粧気のない顔に紅《あか》いルージュがそこだけ妙になまめかしかった。

『あふぁうん、ああいい、気持ちいいぃ、もっとぉ、ああん、もっとしてぇ』

拓人の脳裏《のうり》に、汗ばんで悶《もだ》える白い裸体の画像が蘇《よみがえ》った。一瞬、女と目が合ったような気がした。濡れたような黒い瞳だった。女はすぐに目を伏せ、拓人もあわてて祭壇に向きなおった。怒りとも焦燥ともつかぬ胸苦しさが襲って来た。

＊＊＊＊＊＊＊＊＊＊

『いい歳《とし》して、ハマっちゃってさ』

水野が拓人に、愛人が出来たことを告白したのは、一年ほど前の山岳部ＯＢの飲み会の席だった。社会人になってからも、水野と拓人はこまめに連絡を取り合っていた。仕事の悩みや家族の愚痴《ぐち》など語り合い、時たま一緒に飲んでは山岳部時代の話に花を咲かせていた。それが、いきなり愛人の話をされて、拓人は面食らった。お互い、生真面目《きまじめ》な堅物《かたぶつ》で不器用なところでウマが合っていたのだ。

『気をつけろよ、お前、うまく遊べるタイプじゃないだろ』

拓人が忠告すると、酒に弱い水野はビール一杯ですでにまっ赤な顔を、さらに火照《ほて》らせて答えた。

『わかってるけどさぁ、いい女なんだよなぁ、ほら』

水野はおもむろに携帯を取り出して、拓人に写メを突き出した。全裸の水野に寄り添《そ》う、これまた全裸の女が写っていた。三十前後と見受けられるその女は、少し寂し気《げ》な整った顔立ちとうらはらな、肉感的な身体をしている。拓人が目を丸くするのを、水野はにやにやしながら見ていた。

『美人だろ。しかもすげぇセックスが良くてさ』

今まで見たことのない水野の野卑《やひ》な笑い方に、拓人は不愉快さを禁じ得なかった。

『奥さんや子どものことを考えろよ』

諭《さと》すように言ってみても、水野はだらしない目つきで写メに見入っている。拓人は黙って杯《さかずき》を重ねた。中年男が愚《おろ》かしいと腹の中で嘲笑《ちょうしょう》したが、胸のどこかにかすかな妬《ねた》ましさが潜《ひそ》んでいないとは言えなかった。確かにいい女だったのだ。

それからしばらく、水野からの音信は途絶《とだ》えたが、拓人も敢《あ》えて連絡を取らなかった。

いずれ、女に捨てられて泣きついて来るのが関の山だろうと思っていた。

水野が会いたいと連絡して来たのは、死の一週間前だった。電話の声は掠《かす》れて力がなかった。仕事が終わり、指定された飲み屋に拓人が到着すると、水野はすでにぐでんぐでんに酔っていた。久しぶりで会った彼は、ぎょっとするほど顔色が悪くやつれていた。

『よお、どおした。女に振られたか?』

わざと軽口を叩くと、水野は紅く充血した目でこちらを睨《にら》みつけながら、吐き出すように言った。

『オレ、もうだめだ』

『なに言ってんだ、別れて正解だよ』

拓人が励ますように肩を叩こうとすると、水野は首を振った。

『ちがう、女が離してくれない』

拓人の手が宙に浮いた。水野が切羽《せっぱ》詰まった声で言う。

『殺される、オレはあの女に取り殺される。もうダメだ』

『大の男がなに言ってるんだ。金ならいくらか融通《ゆうずう》するから、きっぱり手を切れ』

水野がさらに激しく首を振った。

『そんなんじゃないんだ。あの女はオレのすべてを欲《ほ》しがる。なにもかもしゃぶりつくしたがっている』

生臭《なまぐさ》い話になりそうで、拓人は腰が引けた。そんな拓人の様子に気づくことなく、水野は熱に浮かれたようにしゃべり続ける。

『ヤッてもヤッても足りない。もっともっといくらでも欲しがる。オレは拒《こば》めない。すげえ身体《からだ》してんだよ、あいつ。喰わえ込まれる、呑《の》み込まれる……』

『いいかげんにしろ！』

拓人が語気を荒くしても、水野はかまわず今度は携帯を取り出して、拓人の鼻先に突きつけるように画像を見せる。今回は動画だ。いきなり大きく前後に揺れる女の真っ白い臀《でん》部《ぶ》がアップにされて、拓人は息を飲んだ。

『あはぅう、あああん、ああん、やぁん、ああん』

少し割れた音声の、女の喘《あえ》ぎ声までが流れた。

『ばか……！』

顔を背《そむ》けようとした拓人は、しかしそのまま石のように固まってしまった。水野が、行為の最中に後背位から撮影したものらしく、画面には尻を突き出して四つん這《ば》いになっている女の全身だけが映し出されている。丸く豊かな尻肉、ヴァイオリンのような美しい曲線を描いている染《し》み一つないすべらかな背中、折れそうなほど華奢《きゃしゃ》なうなじ、そして男の腰の動きに合わせてばさりばさりと波打つ豊かな長い黒髪。時折向こう向きになっている女が、喘ぎながらこちらをふり返る。肌理《きめ》の細《こま》かい頰《ほお》をピンク色に上気させ、黒目がちな瞳が切《せつ》な気《げ》に濡れ、美しくも妖艶《ようえん》な表情だ。水野を見上げているはずのその目が自分を見つめているようで、拓人はどきりとする。

『こうか？　ここがいいのか？　いいんだな？　萌絵美《もえみ》ぃ』

『あふぁうん、ああいい、気持ちいいぃ、もっとぉ、ああん、もっとしてぇ』

息も荒く振り絞るような水野の声に対して、萌絵美と呼ばれた女は甘えるような鼻声を尻上がりに甲高《かんだか》くしていく。すっと携帯の画面が下がり、ビデオカメラは二人の結合部分を接写する。白桃のような尻肉の割れ目から、豊かな黒い茂みがのぞき、その狭間《はざま》からぱっくり割れた鮮《あざ》やかに紅い膣肉がはみ出している。そこはおびただしい花蜜で濡れ光っている。水野の赤黒い肉棒が、裂襞の奥に深々と突き刺さり、ぐちゅぐちゅと粘膜の擦《こす》れる淫靡《いんび》な音を立てながら前後に動いている。

『あ、そこぉ、そこぉ、いい、当たるぅ、いい、突いてぇ、ああ、突いてぇ』

女のヨガリ声が一段と高まる。

携帯の画面がぐらぐらと揺れた。

『うぉ、おう、萌絵美ぃ、オレ、持ってかれる、ああ、もう出そうだぁ』

水野が追いつめられた声で訴える。

『あん、やん、いやぁん、イカせてぇ、イカせてぇえ』

女の尻が自らぐりぐりと激しく円を描き、悦楽をさらに搾《しぼ》り取ろうとする。

『うう、うううっ、う〜っ』

水野が断末魔の雄叫《おたけ》びを上げる。深く結合した水野の腰が、びくびくと痙攣《けいれん》する。

『あああぁん、あああいいいあああ』

女が淫楽を嚙《か》み締めるような艶《あで》やかなすすり泣きを漏らしながら、ゆっくり前に倒れ込んだ。

そこで動画が終わった。

拓人は食い入るように見入っていた自分に気がつき、はっとして我に返った。水野は携帯を突き出したまま、うつむいてうわごとのようにつぶやいている。

『止《や》められない、もう死ぬしかない、ダメだダメだ』

拓人は淫《みだ》らな残像を振り払うように声を強くして、水野の肩をつかんで言い聞かせる。

『馬鹿なこと言うな、まだやり直せる。とにかく二度とこの女とは会うな』

黙ってゆっくり顔を上げて拓人を見返した水野の目には、諦《あきら》めとも投げやりともつかない色が浮かんでいた。

＊＊＊＊＊＊＊＊＊＊＊

読経が続く中で、拓人は自分が不謹慎《ふきんしん》な回想をしている、と思った。水野が見せた動画は、くっきりと脳裏に焼き付けられ、払っても払っても忘れることが出来なかった。今、背後にその動画の女が生身で座っていると思うだけで、異様に気持ちが昂《たかぶ》るのだ。

突然、拓人のそんな乱れた気持ちを払拭《ふっしょく》するように、鋭い声が遺族席から飛んだ。

「帰って下さい!!」

斎場《さいじょう》の空気がピンと張りつめた。最前列に座っていたはずの水野の妻が、席を蹴《け》って飛び出して来て、最後列の萌絵美に詰め寄っていた。水野の妻は、目をまっ赤に泣きはらしセットした髪を振り乱して、鬼気迫る表情で、愛人につかみかかっていた。

「お前のせいだ！　お前があの人をダメにしたんだ！　あの人を殺したんだ！」

大柄な水野の妻に両肩をつかまれて、華奢な萌絵美の身体がぐらぐらと揺れた。萌絵美は表情のない白い顔で、未亡人にされるがままになっている。近親者たちがあわててかけ寄り、半狂乱の水野の妻を取り押さえる。拓人も遅ればせながら、かけつけた。

「出てけ！　出てって！」

近親者に抱きかかえられながら泣き叫ぶ水野の妻に、萌絵美は黙って深く一礼すると、小走りに斎場を出て行った。拓人と最後に会った頃には、もう萌絵美の存在は水野の身内には公然となっていたのだ。ひとしきり不穏《ふおん》な空気が斎場に漂《ただよ》ったが、僧侶が深い咳払いをして途切《とぎ》れた読経を開始すると、徐々に厳粛《げんしゅく》な雰囲気が戻って来た。

拓人は静かに啜《すす》り泣いている未亡人に気兼ねしつつ、そっと席を立った。足がひとりでに動いたとしか言いようがない。なにかにたぐり寄せられるように、女の後を追った。

萌絵美は、斎場の門の側《そば》の立ち木に寄りかかるようにして背中を向けていた。近寄ると、そのか細い肩がかすかに震えていた。拓人はなんと声をかけたものか躊躇《ちゅうちょ》していた。するとそれを察したかのように、くるりと萌絵美がふり返った。大粒の涙がいく筋もなめらかな頬に流れ落ちている。

「こんなつもりじゃなかったんです」

萌絵美はしゃくり上げながら言う。

「私は……ただ、あの人と一緒にいたかっただけ……それだけなんです」

訴えるように拓人を見上げる萌絵美は、いかにも頼りな気で、しかし妖《あや》しい色気に溢《あふ》れ、触れなば落ちんばかりの雰囲気を全身に漂わせていた。

これか、と拓人は思った。この女の、吸引力のある危うい魅力が水野を滅《ほろ》ぼしたのだ。拓人の頭の中で危険信号が点滅する。深入りは禁物だ、と。拓人はここでこの女にきつく忠告をしておかねばいけない、と頭では分かっていた。しかし、口から出た言葉は理性とは正反対のものだった。

「僕で力になれることなら、何でも言って下さい」

悲嘆の涙に濡れた女の顔に、ぽっと希望の灯《ひ》がともる。

拓人は場所も立場も忘れ、その吸い込まれそうに深く黒い瞳にすっかり魅入《みい》られていた。

＊＊＊＊＊＊＊＊＊

萌絵美が、会いたいと拓人の携帯に連絡して来たのは、水野の葬式からひと月も経《た》たない頃だった。斎場で「いつでも電話下さい」と、番号を手渡してしまっていた。

「水野さんの奥様に訴えられそうなんです」

萌絵美の声は、今にも消え入りそうにか細かった。

水野の妻は、萌絵美に不貞行為による慰謝料請求をしてきたという。

退社後、拓人はひと目につかない場所にある小さな喫茶店で、萌絵美と待ち合わせた。すでに先に席についていた萌絵美は、水野の葬式の時と同じような黒っぽいシンプルなワンピース姿だった。飾り気のない服装が、かえって女の美しさを引き立てていた。あの時は一つに束《たば》ねていた長い髪を下ろしていて、それがはっとするほど艶《つや》っぽかった。拓人はどうにも腰が落ち着かない心持ちだった。

「奥様の立てた弁護士が、三百万円支払えと言うんです。応じないなら裁判も考えると……私、小さな工務店の事務の仕事で、お給料も安いし、そんな大金とても……」

萌絵美はうつむきかげんで話した。長い睫毛《まつげ》が青白い頰に影を落として、薄幸《はっこう》そうな美貌《びぼう》に色を添えている。食い入るように女に見とれていた拓人は、ふっと顔を上げた萌絵美と視線がからみあわてて目を逸《そ》らした。

「あ……よければ、僕がお金を用立ててもいいですよ」

なにを言ってるんだ、と頭の中で警告の声がした。水野の家庭を崩壊させた女だぞ。

「ほんとですか?」

萌絵美の頰に薄く血が上り、生気が蘇《よみがえ》る。水野と交わって昂っていた時の頰の色だ。

拓人は思わず生唾《なまつば》を吞み込んだ。

「かまいませんよ、だって、男女の仲なんだから、水野にだって非はある。あなただって

「ある意味被害者なんだ」

つるつると萌絵美に都合《つごう》の良い言葉が、拓人の唇から飛び出して来る。まるで女に操《あやつ》られているように。

「うれしい！」

萌絵美がぎゅっとテーブルの上の拓人の手を握りしめてきた。細い指は驚くほどひんやりとしていた。拓人は思わず、その手をくるみ込むように握り返していた。

喫茶店を出ると、拓人はまっすぐホテル街を目指した。背後から女は黙ってついて来た。ホテルに入って個室に二人きりになって向かい合っても、拓人にはまだ自分のしていることが信じられなかった。親友を自殺に追い込んだ女だぞ。その死からまだひと月も経たないのに、ホテルについて来るような女だぞ。今ならまだ間に合う。この部屋を飛び出して、二度と女には会わないのだ。

「片桐さんがいて、よかった」

萌絵美がため息のような甘い声でささやいたとたん、拓人は女を引き寄せ、唇を強く吸っていた。その身体はしなやかに熱く、唇は艶やかでしっとりとしていた。

「ああ……」

萌絵美は深く息をついで、そっと紅唇を開いた。拓人はその中に自分の舌を滑《すべ》り込ませた。女の粒のそろった歯を、柔らかな口腔内《こうくう》を、拓人はくまなく舐《な》め回し、味わった。

「ん……うふんんうん」

女は艶《なまめ》かしい鼻声を漏らしながら、ゆっくりと自分の舌を拓人のそれに絡《から》めてきた。さぐるように触れて来た女の舌は、すぐに大胆に拓人の口腔内を甘くねっとりと刺激してくる。二人は夢中で、溢れ出たお互いの唾液をちゅぷちゅぷと貪《むさぼ》り合う。激しいディープキスに、拓人の頭の芯がくらくらする。女の舌をきつく吸い上げたまま、両手で激しく萌絵美の身体をまさぐった。服の上からでも、量感のある乳房や肉付きの良い臀部がはっきり感じられた。

「うふうん、ううん」

愛撫に応じるように、萌絵美が甘い吐息《といき》を漏らしながら、身をくねらせる。たちまち下腹部に血が集結し、拓人は自分の身体ごと、性急に女をベッドに押し倒した。女の身体を抱《かか》え込むようにして、ワンピースの背中のジッパーを引き下ろす。つるりと豆の皮を剝《む》くように、萌絵美のワンピースが脱げると、下着に包まれただけの真っ白い身体が現れた。水野の画像で見た通りの、脂《あぶら》の乗った成熟した肉体だ。仰向けになってもこんもりと隆《りゅう》起《き》した乳房を、シンプルな白いブラジャーが覆《おお》っている。拓人は荒々しくブラジャーを引き下ろした。ぷるんとまっ白で豊かな乳房がまろびでた。透き通るような乳肌に青い血管が浮き立っている。乳輪は意外に大きく肉色で、その頂《いただき》にこれも大きめの紅い乳首がつんと誘うように尖《とが》っていた。

「きれいだ……」

拓人は息を弾《はず》ませながら、両手で乳丘のふくらみをすっぽりと包み、ゆさゆさと揺さぶった。それから、パン種《だね》のように柔らかい乳肉に、指をめりこませるようにして揉《も》みしだいた。

「あ、あん、片桐さん、はあぁん」

萌絵美は恥ずかしそうに目を閉じながらも、乳房の愛撫に応じてとろけるような吐息を漏らしている。拓人は乳房を捏《こ》ねくり回しながら、顔を近づけて尖った乳首を口に含んだ。こり、と小気味《こきみ》よい歯触《はざわ》りがした。

「あっ」

敏感な乳首を刺激され、萌絵美がぴくりと全身を震わせて、甲高《かんだか》い声を上げた。その顕著《けんちょ》な反応に、拓人は夢中になって萌絵美の乳房にむしゃぶりついた。勃《た》ちきった乳首を舌で転《ころ》がすように擦り上げたり、歯を立てて甘噛みしたりした。

「あん、やん、ああん、だめぇ」

萌絵美は悩ましく喘ぎながら、腰をくねくねと悶《もだ》えさせる。拓人は片手を女の下腹部に這わせた。白いショーツに包まれた恥部をまさぐると、布地《ぬのじ》越しでもすでにじっとりと湿っているのが分かる。ショーツの隙間《すきま》から、ぬぷりと肉門に中指を潜《もぐ》り込ませると、襞肉の内側はたっぷりと淫蜜を溜《た》め込んでいた。

「こんなになって……」

拓人が肉層の中を、指を回転させるようにぐぬりと掻《か》き回すと、萌絵美が太腿を閉じ合わせて身を捩《よじ》らせた。

「あう……あはぁん、いやぁん」

首をいやいやさせて甘え泣きを漏らす。くちゃくちゃと音を立てて指で淫襞をいたぶってやると、どうっと熱く粘《ねば》っこい愛液が大量に溢れ出て来る。

「ああ、いやぁん、そんなにしないでぇ、あふうん」

萌絵美はすっかり官能をとろけさせて、切な気に眉を寄せて刺激に酔っている。拓人は、ぐっしょりになったショーツを一気に引き下ろす。意外に濃く茂った陰毛が、女の外見とはうらはらの淫猥《いんわい》さの象徴のようだ。拓人のモノは、すでにズボンの中で爆発しそうにがちがちに硬くたぎっていた。こんな痺《しび》れるように興奮したのは久しぶりだった。少し身を起こして、性急にズボンを下着ごとずり下ろした。赤黒い屹立《きつりつ》は、臍《へそ》に届かんばかりに反り返って、亀頭から透明な雫《しずく》が滴《したた》っている。まるで、初めてセックスする高校生のように昂っている自分を感じる。とにかく一刻も早く女と繋《つな》がりたいと焦《あせ》っていた。拓人は萌絵美に覆い被《かぶ》さるようにのしかかり、肉棹の先端でとろとろに溶けた秘裂を狙《ねら》い、おもむろに腰を沈めた。ずずっと花弁を掻き分けて、灼熱《しゃくねつ》の切っ先が深々と侵入した。

「はおうっ」

肉幹で貫《つらぬ》かれた瞬間、萌絵美は白い喉《のど》をのけぞらして歓喜の声を上げる。

「うう、入る、ああ入る、入る」

拓人も低く呻《うめ》きながら、ぐいぐいと剛茎を送り込んだ。女の淫襞はみっちりとつまり、拓人の怒張《どちょう》を柔らかく、しかししっかりと包み込んだ。極上の襞肉の感触に、拓人の脳裏に真っ白い火花がばちばちと弾けた。

「ああ、いい、君のココ、すごくいい」

拓人は肉棒で蜜壺を捏ねくり回すようにして、腰を繰り出した。

「あっ、ああ、あっ、あっ」

萌絵美は拓人のひと突きごとに、艶かしい喘ぎ声を昂らせる。拓人の腰の反復に呼応して、女の淫肉がぴくぴくと絡《から》み付いてくる。青白かった女の肉体は、次第にピンク色に上気し、ねっとりした汗で薄く光り始める。たわわな乳房が、拓人の抽送《ちゅうそう》に合わせてタプンタプンと上下に揺れる。

「うう、たまらないよ、ああ」

拓人は極上の花蕊の味わいに酔いしれながら、汗で後《おく》れ毛が張り付いた女の細いうなじに唇を這わせてキスを繰り返す。耳たぶの後ろを舌でねぶると、そこが性感帯なのか、萌絵美がぶるるっと身体を震わせて身悶えした。

「いやぁん、あぁん、あふぅあん、だめよぉお」

きゅっきゅっと秘腔が断続的に収縮して、拓人の肉棒を締め上げて来る。

「うう、締まるぅ、すげぇ、締まる」

拓人はたちまち頂上に追いやられそうになり、必死に耐えながら女の紅唇をきつく吸い上げてやる。

「うふふん、ううふううん」

自らも積極的に舌を絡ませながら、萌絵美は切な気な鼻息をひっきりなしに漏らす。腰を繰り出すたびに、にちゃにちゃという媚肉の弾ける淫らな音が、狭い部屋に響き渡る。

「ああ、いいか？　いい？」

拓人は男幹を根元まで沈ませたまま、がくがくと勢いを増して粘膜をえぐり続ける。

「あ、いい、ああ、いやいやいや、もう、もう、お願いぃい」

ふいに萌絵美が唇を引きはがすように顔を背け、上半身をのけ反らして、切羽詰まった表情で叫び始めた。それと共に、膣壁がぎゅっとつぼまって拓人の肉棹を締め上げて来た。

「うお、で、出る、出る、出るぞぉ」

拓人も悦楽の極《きわ》みに追い込まれ、萌絵美の細腰をしっかりと抱えると、がくがくと揺さぶりながら仕上げの律動《りつどう》を繰り返した。

「ああ来て、あああ来てぇ、ああ……いいっ、いいっ、いいい～っ」

萌絵美が絶頂を極めると同時に、拓人の肉棒も一気に膨《ふく》れ上がり爆発した。

「うう、ううううう……」

自分でも信じられないくらいの大量の迸《ほとばし》りが、女の体内に呑み込まれていった。

＊＊＊＊＊＊＊＊＊

『今、会社の近くまで来ています。会いたい。萌絵美』

拓人は自分の仕事机で、そっと携帯メールを確認した。もうすぐ昼休みだ。空腹より先に、きゅっと下腹部が欲望で疼《うず》いた。一時《いっとき》も我慢できなかった。少し時間には早いが、かまわず席を立ち、社屋《しゃおく》を出る。近くのファミレスで、萌絵美が待っていた。彼女も仕事中らしく、会社の制服姿だ。白いブラウスにグレイのベストとスカートという姿は、どこから見ても清楚《せいそ》なＯＬにしか見えない。まさかこの女が、とてつもない淫乱で、昼となく夜となく拓人を求めに来るなんて、誰にも想像できないだろう。急ぎ足で女のいる席の向かいに腰を下ろす。

「会いたかった」

拓人が少し顔を寄せてささやくと、女は熱っぽい目で見上げながら答える。

「私も」

その濡れた眼差《まなざ》しだけで、拓人は背中を撫で上げられたようにぞくりとする。

「なにか食べる？」

拓人の言葉に、萌絵美は小さく首を振る。

「ううん、それより……」

女はひたと拓人を見つめたまま、テーブルの下ですらりとした脚《あし》を伸ばして、男の股間に潜り込ませる。女の膝が、誘うようにゆるゆると拓人の股間を刺激する。拓人は、注文を取りに来た店員を押しのけるようにして萌絵美の手を取り、店を出る。会社の近くのファミレスだ、同僚の目もあるやもしれない。しかし、もう拓人はそんなことも気にならない。女と身体を重ねてから三ヶ月経つ。水野の言葉を借りるなら、拓人もまた『ハマッてしまった』のだ。

オフィス街にはホテルなど見当たらない。二人はビルの狭間の人工的な公園に向かう。ホームレスがぼんやりベンチに座っているだけで、他にひと気のないことを素早く確認した拓人は、萌絵美の手を引いて男性便所に入る。一番奥の洋式トイレの個室に女を引き込み、鍵をかける。ドアが閉まると同時に、萌絵美の柔らかい身体が飛びつくように拓人に抱きついて来た。細い両腕が首に絡んで来て、紅い唇が貪るように拓人のキスを求めた。拓人も女の細腰を折れんばかりに抱きしめて、キスに応《こた》える。

「ああ、ああ、拓人さん、欲しかったのよぉ」

萌絵美がキスの切れ切れに、甘いため息と共にささやく。

「オレも、萌絵美のことばかり考えてたよ」

拓人も荒い息を継ぎながら答え、キスを女の頬から首筋に移動させ、うなじを舌で粘っこくねぶってやる。

「あん、やぁん、ああ」

感じやすい部分を刺激され、萌絵美が身体をくねらせる。そのまま拓人の腕を逃《のが》れ、ゆっくり床に膝をつく。狭い個室トイレの中で、女の顔が拓人の股間に密着する。女は白い指を伸ばして、素早く拓人のズボンのベルトを緩《ゆる》め、下着ごと膝まで下ろす。剝き出しになった拓人の半勃ちのペニスを、萌絵美はひんやりした両手で包み込んだ。

「ああ……これが欲しかったのぉ」

萌絵美はうっとりとため息を漏らし、そっと顔を寄せて来る。女の紅い舌先が、ちろちろと誘うように拓人のカリ首を這い回る。じらすような刺激に拓人の肉幹は、ぐんぐん硬度を増していく。慎《つつ》ましそうに見えた可憐《かれん》な唇が、あんぐりと大きく開かれたかと思うと、ゆっくり拓人の肉棹を呑み込んだ。

「んぐぅん……んんむううん」

女は嬉《うれ》しそうに鼻を鳴らしながら、喉の奥まで深く硬茎を受け入れた。

「お……う」

しっとりと柔らかい女の口腔内の感触に、拓人は半眼になってのけ反る。

「んん……あぅんぐ……んうふん」

太棹に舌を絡ませながら、萌絵美は頭を前後させてフェラチオに耽《ふけ》る。ペニスの根元までぴったりと咥《くわ》えこみ、柔らかな唇をきつくすぼめて抽送を繰り返す。

「ああ、萌絵美ぃ……」

あまりの気持ちよさに、拓人はうっとり目を閉じて、股間の女のさらさらした髪に両手を埋めてもみくしゃにする。ひとしきりディープスロートに耽ると、そっと自分の唾液でぬらぬら光る拓人の肉棒を吐き出した。今度は、びくびくする血管がいくつも浮き出た淫幹に舌腹を擦り付けるようにして、丹念に舐め上げていく。裏筋から亀頭のくびれ、尿道口の割れ目まで、萌絵美の舌は濃厚に奉仕していく。フェラチオだけで持って行かれそうになり、拓人はあわてて女の頭を押さえて引き止める。

「ああ、だめだよ、そんなにしちゃ、出ちまう」

「ああん、だってぇ、おいしいんだもん、拓人さんのモノ」

眼下から萌絵美が熱っぽい黒い瞳を潤《うる》ませて、見上げてくる。

「誰に仕込まれたんだ？　水野か？」

形勢を逆転しようと、拓人は女の髪の毛を軽くつかみ上げて、意地悪く聞く。

「いやぁん、言わないで、そんなこと」

女の頬が羞恥《しゅうち》に上気し、いやいやと首を振る。その恥じらう様《さま》が信じられないくらい初々《ういうい》しくて、拓人は眩惑《げんわく》されそうになる。少し乱暴に女の腕をつかんで引き立て、くるりと後ろを向かせ、壁に押し付けた。背後からきつく抱きしめ、服の上から乳房を乱暴につかみ上げて揺さぶる。

「言ってみろよ、何人の男のモノ、咥えたんだ？　え？　何人に揉まれまくって、こんなにおっぱい大きくしたんだ？」

女の耳朶《みみたぶ》に歯を当てながら、拓人は女を言葉責めにする。萌絵美が身悶えしながら訴える。

「ひどぉい、いじめないでぇ、あなただけよぉ、あなただけぇ」

拓人は片手で乳房をつかんだまま、片手で乱暴に女のスカートを捲《まく》り上げ、ショーツの隙間から指を突っ込んだ。すでにそこはおびただしいほど潤み切っている。

「こんなに濡らして。どんだけスケベなんだ。え？　淫乱め」

いく度《たび》も交わって、拓人は萌絵美にいささか被虐《ひぎゃく》的な部分があることを知っていた。このいかにも清純そうな女は、虐《いじ》められるほどに欲情するのだ。突っ込んだ指で、乱暴に淫肉を攪拌《かくはん》してやる。びくりと女の全身が反応する。

「あふう、ああ、ひどぉい、ああ、ひどおい、意地悪ぅ」

非難めいた口調は、被虐の悦《よろこ》びの甘いトーンを帯びている。拓人は引き裂かんばかりに女の下着を引き下ろすと、素早く跪《ひざまず》き、剝き出しになった真っ白い双臀に顔を埋《うず》めた。

「あ、やん、あああっ」

女が切な気に声をあげた。

「この淫乱なケツで、男を惑《まど》わしやがって。こうしてやる」

拓人はたっぷりした尻肉を両手でつかんで押し広げ、背後からはみ出た鮮紅色の肉扉にむしゃぶりついた。つんと甘酸《あまず》っぱいメス臭が鼻をついた。

「ひっ」

萌絵美がぶるっと身を震わせた。拓人はいく重《え》にも折り重なった肉襞を指で掻き分けて、舌先を潜り込ませた。

「うう、ひくひくしてやがる。こんなに汁を垂れ流して、そんなに男が欲しいかよ」

拓人は言葉でいたぶりながら、秘孔の奥まで舌で愛撫していく。

「あはう、だめぇ、そんなぁ、だめよぉ」

萌絵美は羞恥に喘ぎながらも、求めるように媚尻を突き出してくる。あとからあとから溢れ返って来る淫蜜を、じゅるじゅると音を立ててすすってやる。舌を蠢《うごめ》かせながら、指まで差し入れて、なぶるように抜き差ししてやる。

「あ、ああ、ひどいぃ、ああ、つらいわ、ああ、ねぇぇ」

ついに耐えきれず、萌絵美が尻を振り立てながら懇願し始めた。

「ねぇねぇ、お願いよぉ、拓人さん。ああ、なんとかしてぇ、もう入れてぇ、お願い、入れてぇ」

拓人の胸は勝利感で熱くなる。男を惑わす妖女が、屈辱的なおねだりをしているのだ。

「欲しいのか？」

「欲しい、拓人さんのすごいの、欲しい」

拓人は立ち上がり、たぎり切っている自分の硬茎を握りしめた。萌絵美は壁に両手を突いて、むっちり脂の乗った白尻をふるふる震わせながらとどめを待ち受けている。

「淫売め」

拓人はののしりながら、ぱっくりと開いている女の秘襞めがけて、怒張を繰り出した。淫肉の裂目に一気に挿入し、快楽の源泉まで深々と貫く。

「あううううう〜」

萌絵美ががくんと大きく後ろにのけ反《ぞ》って喘いだ。

「どうだ、いいんだろ？　いいんだろ？　淫売」

拓人は潤んだ肉襞を巻き込むような勢いで、激しく抽送を開始した。

「ふうう、ああ、い、いい、ああ、いい」

萌絵美は舌ったらずな鼻声で切な気に呻く。拓人はたっぷりした双臀を引き寄せて、腰骨をぶつように肉杭を打ち付ける。

「好きなんだろ？　こんな風に犬みたいに犯《や》られるのがいいんだろ？　どうなんだ？」

拓人の激しい責めに、萌絵美は長い髪を振り乱しながらちらりと背中越しに振り向く。

その美貌は淫らに歪《ゆが》み、目元が悦楽の霧に曇っている。そのとろりとした目つきで、萌絵美は悩ましく見つめてくる。

「好きぃ、もっとして、もっといやらしくしてぇ、萌絵美はあなたのものよぉ」

拓人の全身が痺れるような快美感に包まれた。女の秘襞が、絶頂に近づくにつれてじわりじわりと締め付けを強くして来る。そのどん欲な蠢きに、責めているつもりが、いつの間にか女の淫欲に追い込まれている。

「う、う……くそぉ」

拓人は顔をまっ赤にさせて、しゃにむに女を先に崖っぷちへ追いやろうとした。

と、突然、ばたばたと入って来る人の足音が響いた。

びくりと二人の動きが止まった。

「――の、契約はさ」

「やはり中国は――」

ぼそぼそとしたサラリーマンらしき男たちの会話。ごそごそ服をまさぐる音。そして、ちょろちょろと放尿する響き。

拓人と萌絵美は繋がったまま、石のように固まった。怯《おび》えたように萌絵美がこちらを見やる。その表情が、拓人の加虐心に火をつけた。拓人はいきなり萌絵美を引き寄せかき抱《いだ》き、下から突き上げるようにして、腰を繰り出した。

「あ……っ」

萌絵美が思わず喘ぎ声を上げた。

「ん？」

「なんか変な声、しましたね」

外の会話が聞こえる。

拓人は片手で萌絵美の口を覆うように塞ぎ、いっそう激しく反復運動を繰り返す。

（くぅ、ううううう）

萌絵美が口の中で苦し気に呻いた。

「気のせいだろ、それより午後の会議で……」

男たちは談笑しながらなかなか便所から出て行こうとしない。拓人は粘膜同士を深々と密着させて、ぐいぐい擦り上げて、女を追い込んで行く。

（むむむむぅ、うううううううむぅ）

押さえられた萌絵美の口元から、声にならないヨガリ声が漏れる。喘ぎ声を塞《ふさ》ぎ込まれたため、萌絵美のねじれた悦びが倍加したようだ。膣肉が波のようにうねりひくひくと収縮を繰り返す。萌絵美が絶頂に追い込まれた確かな手応えがあった。

「じゃ、そういう方向で――」

「よろしく――」

男たちの会話が続く中、拓人は萌絵美の淫肉の急所を思い切り貫いた。

ひくっと萌絵美が息を止めた。

（ふううううううううう〜）

ぎゅっと萌絵美の歯が拓人の指に立てられる。絶頂の雄叫びを封じられた女は、力任《まか》せに拓人の指に嚙み付いたのだ。

（お……う、ああ、すげぇ、ああ、出る、出る出る出る……っ）

萌絵美とほぼ同時に、拓人も禁断のエクスタシーを迎えた。渾身《こんしん》の力を込め、痙攣を繰り返す粘膜の奥深くへ、激流のごとく淫欲のスペルマを迸らせた。

萌絵美が歯を立てている拓人の指から血が噴《ふ》き出して、悦楽の果てに達した女の顔を紅く汚した。

＊＊＊＊＊＊＊＊＊＊

萌絵美と逃げて、今日で半月になった。

（ここはどこだろう）

拓人は、無精髭《ぶしょうひげ》の伸びた顔で、運転席からバックミラーをのぞいた。道とも言えない細い山道の途中で、ガソリンがつきた。周囲は生《お》い茂った木々でうっそうとしている。拓人はため息をついて、そっと助手席の萌絵美を見た。当てのない逃避行の途中だというのに、女は実に安らかな顔で寝入っている。拓人はその、やつれも見えないすべらかな白い顔を見つめていた。

公衆トイレでの異常なセックスの後、二人の交わりはエスカレートしていった。さらなる刺激を求めて、二人は時間が許す限り交わった。ある時は、拓人の会社の会議室で。ある時は、居酒屋のトイレで。発情すれば、所かまわず二人は繋がった。目も眩《くら》むような快感に二人は酔った。女の要求は底なしで、拓人はそれに引きずられた。しかし、すぐにそんな異常な獣欲は、拓人の生活を崩壊させていった。拓人は、平気で会社を休んだり、自宅に帰らなくなったりした。自堕落《じだらく》な性欲に溺《おぼ》れた。そんな拓人を、無論会社も家族も大目に見てくれはしない。会社や家族の非難や懇願に、拓人の選んだ道は、萌絵美と逃げることだったのだ。車に積めるだけのものを積んで、行く当てのない旅に出た。せめてもの家族への罪滅《ほろ》ぼしに、いくばくかの金だけを下ろし、後の貯金はすべて置いて来た。日中、行ける所まで車で走り、コンビニなどで買い込んだ食料を車中で食し、夜も車中で寝た。その合間合間に、好きなだけ身体を重ねた。まさかと思ったが、逃避行を持ち出したとき、萌絵美は何の反論もせず黙って拓人に従った。

「私は、あなたと一緒にいられればいい」

そう言って妖しく微笑した。

そして今、金もガソリンもつきた。

拓人はゆっくり車外に出た。辺《あた》りは月明かりだけの、墨《すみ》を流したような暗闇だ。着た切り雀の服を探《さぐ》ると、くしゃくしゃの煙草《たばこ》の箱に一本だけ残っていた。オイルの切れたライターでなんとか火が点《つ》いた。ゆっくりと肺の奥まで吸って、煙を吐き出した。

「私にもちょうだい」

振り向くと、萌絵美の青白い姿があった。

「君が吸うなんて、意外だね」

拓人が煙草を渡すと、萌絵美は薄く笑いながらそっと吸い口に口を付けた。

「実は、初めて吸うの」

とたんに女は咳き込んで、拓人が苦笑いしながら背中をさすってやる。萌絵美は咳き込みながら涙ぐんだ目で、拓人を見る。

「したい」

夜の森より暗い瞳に、まだちらちらと欲望の火が燃えている。女が黙ってセーターを捲って脱ぎ捨てた。ノーブラの乳房がぷるんと揺れて、月明かりにもまばゆかった。

「来て」

女が白い腕をふわりとさしだした。

拓人は導《みちび》かれるように、歩み寄った。股間に、はち切れんばかりに血が逆流するのを感じた。

（水野、今はお前の気持ちが痛いほどわかるよ。でも、オレは一人では死なない）

拓人は亡き友に語りかけながら、激しく女の身体を抱き寄せた。

隣の若妻

櫻木 充

著者・櫻木《さくらぎ》 充《みつる》

東京生まれ。一九九七年に『二人の女教師・教え子狩り』でデビューし、専業に。裸身よりも下着姿に、全身よりも部位にこだわり、フェティシズムに満ちた官能シーンを追求する。祥伝社文庫の官能アンソロジー『秘本 Y』『秘本 Z』『秘戯 S』など多数に作品が収録される。近著に『あこがれ 年上の恋人』『はかりごと』などがある。

1

三月最後の週末、昼下がりのこと。

東京郊外のとある並木道をのんびりと自転車で走っていた増田稔《ますだみのる》は、辺《あた》りの風景を懐《なつ》かしそうに眺《なが》めながら、遠い過去の記憶を脳裏《のうり》に蘇《よみがえ》らせていた。

稔にとってこの町は生まれ育った場所、父の仕事の関係で札幌《さっぽろ》に引っ越すまでの十三年間を過ごした思い出の地だ。

この町を訪れるのはかれこれ十年振りになる。実家は今も札幌だが、東京の大学に進学した稔はこちらで独《ひと》り暮らしをしており、気が向けばいつでも足を運ぶことができた。そのうち散歩番組よろしく、ぶらりと訪れてみようかと思ってもいたが、いざとなると面倒で、なかなか機会も作れずに四年の歳月が流れてしまった。

独り暮らしのアパートからは電車を乗り継いで一時間ほど掛かることも思い切れなかった理由のひとつ。小学校時代の友達ともとっくに連絡が途絶《とだ》えており、わざわざ訪れるだけの動機もなかったのだが……。

今日もべつに用事があったわけでも、望郷の念に駆《か》られたわけでもない。

この春、大学を卒業した稔は隣町に本社を構える中堅食料品メーカーへの入社が決まっており、つい五日前ここから自転車で十五分ほどの場所にあるワンルームマンションに越してきたのだ。会社までは電車でひと駅、自転車でも通える距離だ。

あらかた荷物の整理も済んだ今日は、通勤用に新たに買った自転車の慣らしを兼ねて生まれ育った町を訪れたという次第《しだい》である。

「……ここも、懐かしいな」

並木道が終わる交差点で自転車を停めると、稔は右手にある公園に目を向けた。

安全上の問題でもあったのか、昔遊んだ遊具の数々は取り払われており、どこか殺風景になった印象ではあるものの、この公園の象徴とも言える巨大な蛸《たこ》の滑り台は今も残されていた。

正式名称は「東《ひがし》第二公園」だが、この滑り台があったことから子供うちでは「タコ公園」と呼ばれ、もっとも親しまれていた遊び場のひとつである。自分が幼い頃はずいぶん賑《にぎ》わっていたのだが、今は土曜日の昼間であるにも拘《かか》わらず、園内には誰ひとり遊んでいる子供は見当たらない。

「どうやら、あの店も潰《つぶ》れちまったみたいだな」

公園に沿《そ》って右に曲がり、すぐ先のビルに目を遣《や》った稔は小さく溜《た》め息《いき》を吐《つ》き、残念そうに独り言を口にした。

そこには十年前、幼少期から世話になっていた駄菓子屋と模型屋があったのだが、ビルの一階はコンビニエンスストアになっており、昔の面影《おもかげ》は一切《いっさい》ない。

(ここまで来たんだから、ちょっと行ってみるかな)

ジャンパーのポケットから携帯電話を摑《つか》み出し、今の時刻を確かめると、稔はあらためてペダルを踏みしめ、まっすぐ道を進んでいった。

入社日まであと四日、色々やらなければならないこともあるのだが、この通りを突き当たりまで進み、左に曲がって数百メートルも走れば生家の住所だ。かなり築年数が経《た》っていた借家だったため、今も当時のまま家屋が残っているかどうかは分からないが、とりあえず行くだけ行ってみることにしよう。

どちらにせよ、生家を見ることが本当の目的ではない。

この地を訪れた当初から、稔の脳裏にはひとりの女性の姿が掠《かす》めていたのだ。

隣に住んでいた根岸《ねぎし》家の夫人、根岸寛子《ひろこ》の姿が……。

稔にとって寛子は幼少期からの憧《あこが》れの君。あまりに年が離れているため、初恋のひととするには相応《ふさわ》しくないかもしれないが、生まれて初めて恋心を芽生《めば》えさせた女性である。

隣地に建てられた新築物件を購入し、根岸夫妻が越してきたのは今から十六年前、稔が小学校に入学した年まで遡《さかのぼ》る。当時は結婚して半年足らずの新婚夫婦で、寛子はまだ二十四歳の若さだった。

寛子と初めて顔を合わせたとき、自分は幼いながらに胸をときめかせた。

小動物を連想させる顔立ちはとても愛らしく、明るい栗色に染められたショートボブの髪と相まって、寛子はまるで「お人形」のようなイメージだったから。

言わずもがな、その頃の自分には性の目覚めなど訪れていなかったが、いくら幼くとも男は男、女性の体には興味津々《しんしん》である。もしかしたらセックスアピールが強かったことも寛子に惹《ひ》かれた一因かも分からない。

寛子の身長は百六十センチ前後で、一見すればスレンダーなプロポーションに感じられるも、巨乳と称せられるほどバストは豊かで、ヒップも大きく張りがあり、かつ露出度の高いファッションを好んでいたから。

果たしていつの頃からか、今となっては記憶も曖昧《あいまい》だが、自分はたびたび寛子のもとを訪れるようになっていた。日頃は母の手伝いなどしたことはなかったが、寛子に気に入られたい一心でガーデニングを手伝ったり、お菓子を一緒に作ったり……。

寛子は専業主婦をしており、自分は一人っ子で両親が共働きだったことも、二人で時間を過ごすには都合が良かったのかもしれない。

そのうち寛子のことを「おネエちゃん」と呼ぶようになり、親密度も一段と高まっていった。

そんな中、偶然を装《よそお》って乳房に触れたり、パンティを覗《のぞ》き見たりして、自分は異性に対する無邪気な好奇心を満たしていた。もちろん無闇に女性の体に触れてはならないことくらい承知していたが、寛子はあまりに無防備だった。少々過剰なスキンシップで幼い助平《すけべ》心を煽《あお》ってくることもあったから。

何度かもっともデリケートな部位に触れたこともある。お医者さんごっこの最中に、寛子にオチンチンを「触診」されたお返しに、パンティの上から女性の割れ目を……。

今から思い返せば、もしかしたら寛子は「ショタコン」だったのか、小さな男の子に性的興味を向けていたのかもしれない。遊び相手になってくれていたのも、それが目的だったのかも分からない。

そして、いつしか性の目覚めが訪れて、寛子を明確にひとりの異性として意識しはじめた頃、幼少期に体験したエッチな出来事の数々を思い出し、毎日のように寛子をオナペットにしていた。

そんなある日のことだった。

父の転勤でこの地を離れ、札幌に移り住むことになったのは……。

あのときもし父の転勤がなかったら、もし今もお隣同士だったなら、寛子との関係はどうなっていたのだろうかと、刹那《せつな》の白昼夢《はくちゅうむ》に溺《おぼ》れながら自転車を走らせる。

それから数分後、T字路を左に曲がった稔の瞳に懐かしい風景が映り込んでくる。

どうやら空き家のようだが、生家は昔のまま残っており、隣家の根岸家も十年前の佇《たたず》まいを留《とど》めていた。

（……でも、どうするかな。いきなり訪ねて来て、変に思われるかもしれないし）

門扉《もんぴ》に嵌《は》め込まれた「根岸」の表札を見つめながら、しばし思案に暮れる。

多少なりとも下心を芽生えさせているからこそ躊躇《ためら》われてしまう。

と、そのときだった。

不意に玄関の扉が開かれ、ハンドバッグを提《さ》げた寛子が姿を現す。

「……あっ！　ど、どうも……こんにちは」

予期せぬ展開に狼狽《うろた》えつつも、稔は精一杯の愛想《あいそ》笑いを作って挨拶《あいさつ》した。

「どちらさまです？」

「ええと、あの……増田です。十年くらい前に、隣に住んでいたんですが」

おおかた不審人物だと思ったのだろう。あからさまに警戒心を露《あら》わにした寛子におずおずと名前を明らかにする。

「マスダ？　あら、もしかして稔君⁉」

「はいっ、お久しぶりです」

自分の名前を覚えていてくれた寛子に破顔一笑《はがんいっしょう》すると、稔はあらためて深々と頭を下げた。

「まあ、本当に久しぶりね。どうしてここに？」

「はい、実は……」

隣町にあるK食品工業に就職するのだと、近況を報告しようとした矢先のこと。

こちらの言葉を遮《さえぎ》るように寛子が声を被《かぶ》せてくる。

もし良かったら上がっていってちょうだい、と……。

「いや、そんな、ご迷惑ですから」

願ってもない誘いだが、稔は社交辞令的に答えを返した。

「ううん、迷惑だなんてとんでもないわ」

「でも、お出かけになるところだったのでは？」

ずいぶんめかし込んでいるところからして、日常的な買い物ではなさそうだ。

玄関から姿を見せたときには、慌《あわ》ただしさが感じられたが、もしかしたら誰かと会う約束でもあるのではないだろうか。

「いいのよ。どうせ暇潰《ひまつぶ》しだったから。それとも稔君はこれから何か用事が？」

「いいえ、べつにありませんが」

「だったらいいじゃない、ね？　さあさあ、どうぞ入って」

「そうですか？　では、お言葉に甘えて」

寛子に促《うなが》されるまま玄関に足を踏み入れる稔。もしかしたら昔のように、淫らなスキンシップが楽しめるかもしれないと、心の片隅で微《かす》かにそれを期待して……。

2

（……来てみて、良かったな）

ダイニングのソファに腰を下ろし、隅《すみ》のキッチンでお茶の支度《したく》をしている寛子をカウンター越しに見つめながら、稔はあらためて憧れの女性との再会、その感動に胸を熱くしていた。

ショートボブの髪型はセミロングのウエーブヘアーに変わり、十年前と比《くら》べれば若干《じやっかん》ふっくらしただろうか。もともと童顔のため、実年齢からすればずいぶん若く見えるが、やはり多少なりとも歳《とし》を感じさせる。

が、重ねられた年齢を否定的に捉《とら》えているわけではなかった。

晩婚化が進む今の時代にあって、四十歳前後はまだまだ女盛りである。女性として完熟期に達した今は、あの頃よりもむしろ色気が増しているような印象で、ひときわ魅力的に感じられた。

むろん憧れの君だからこそ贔屓目《ひいきめ》に見てしまう部分もある。大学時代の悪友に感化され、熟女系の魅力に目覚めたことも、寛子の評価を押し上げる一因になっている。

大きな声では言えないが、四年間の学生生活の中で人妻との浮気や不倫も経験しており、アラフォーのキャリアウーマンがセックスフレンドだった時期もあった。

とはいえ、世の人妻すべてが浮気を望んでいるわけではないし、男に飢《う》えているわけでもない。そう簡単に寛子をものにできると思ってもいないが、それでも、今日を機会に新たな関係が築けたなら、もしかしたら遠くない将来、幼少期からの夢が叶《かな》えられるかもしれない。

「さあ、どうぞ」

「……あっ、はい。ありがとうございます」

不謹慎な妄想に囚《とら》われていた稔は、寛子の声にふと我を取り戻すと、差し出された珈琲《コーヒー》をひと口啜《すす》った。

てきたんです」

「実は、隣町にあるK食品工業に就職が決まりまして……それで、つい最近こっちに越し

テーブルの向かい側のスツールに腰を下ろした寛子に遠慮がちな視線を向けながら、手短に近況を報告する。

「そうだったの。ご両親は今も札幌に？」

「はい。僕はこちらの大学に進んで、東京で独り暮らしをしていたんです。この辺りに来たのは十年振りですけど、ずいぶん変わりましたね」

「久しぶりだと、そう思えるかもしれないわね。十年ひと昔って言うから」

「……そういえば、今日ご主人は？」

何気なく庭先に目を遣《や》った稔は、ふと思い出したように寛子に尋《たず》ねた。休日にはよく庭でゴルフクラブの素振りをしていた旦那の姿、その記憶を蘇らせて……。

が、いったいどうしたのか、寛子は口を閉ざしたまま答えようとはしなかった。

たぶん、自分の声が聞こえなかったのか、聞き流してしまったのだろうと思ったのだが、その後、ひと呼吸置いて、寛子から予期せぬ言葉が返される。

主人は三年前に事故で死んでしまったわ、と……。

「えっ、そうだったんですか!?　それは、あの、ご愁傷《しゅうしょう》様です。すみません、余計なことを聞いてしまって」

「ううん、いいのよ。もう気持ちの整理はついているから。さすがにこの歳で未亡人になるとは思わなかったけど、今は気楽な独り暮らしを楽しんでいるわ」

どこか重苦しくなった雰囲気を消し去るように、寛子はあえて茶目っぽい口振りで言ってのけた。

「…………」

ぎこちない笑みを浮かべ、小さく頷《うなず》き返す稔。

寛子が未亡人だと知り、胸の高鳴りに見舞われる。

男と女の関係が急に現実味を帯びてきたような気がして……。

もちろん、いきなり体を開いてくれるほど寛子が軽い女だと思ってはいないが、こうして独り暮らしの家に男を招き入れるということは、心のどこかでちょっとした午後の情事を期待していたのかも分からない。

深読みが過ぎるかもしれないが、迫るには充分な動機である。

まずは様子を窺《うかが》い、押せるようなら押してみよう。

「ところで、稔君のお父さんとお母さんはお元気？」

「……え？　ああ、はい。お陰様で元気にしてます」

完熟の女体を値踏みするように、胸元や下腹部に助平な視線を注いでいた稔は、慌てがちに面《おもて》を起こし、淡々と答えを返した。

「そうそう、さっきはつっけんどんな態度をしてごめんなさいね。てっきりセールスか何かと勘《かん》違いしてしまって」

「いいえ、こちらこそ、突然お伺《うかが》いしてすみませんでした」

「でも、本当に見違えてしまったわ。子供の頃の稔君ってちょっと女の子ぽかったけど、今はずいぶん男らしくなって、なかなかのイケメンよ」

「はは、ありがとうございます。寛子さんは昔とちっとも変わりませんね。今もとてもお綺麗《きれい》です」

あくまで爽《さわ》やかな態度で褒《ほ》め言葉を口にして、寛子の反応を窺う。

「まあ、ありがとう。大人になってお世辞《せじ》もうまくなったようね」

「お世辞じゃありませんよ。本当にお綺麗で……今だから言えますけど、僕にとって寛子さんは憧れの女性だったんです」

適当にあしらおうとした寛子に勢い込んで、稔は少年期の想《おも》いを口にした。

あまり先走ってはならないと、もうひとりの自分が諫《いさ》めてもいた。急《せ》いては事をし損じるとの諺《ことわざ》もたびたび頭をよぎっていたが、この機会を逃《のが》したくはない、その思いのほうが強かった。

「それじゃあ、きっと幻滅させちゃったわね。すっかりおばさんになっていて驚いたでしょう？」

「いいえ、そんなことはありません。むしろ昔よりずっと魅力的です」

「フフフ、嫌だわ。なんだか稔君に口説《くど》かれてるみたい……まっ、いくら何でも私では年上過ぎるわね」

来月には四十歳になってしまうのよと、演技じみた素振《そぶ》りで肩をすくめた寛子に、稔は真顔で問うた。

僕では年下過ぎますか、と……。

「い、嫌だわ、もう、何を言ってるの……稔君ったら、からかわないでちょうだい」

「僕は本気です。もしご主人が生きていらっしゃったら、こんなことは言えませんでしたけど……いきなりで失礼なことは承知してます。でも、僕にとって寛子さんは夢の女性だったんです」

再会してますます想いを強くしたと、熱っぽい眼差しで寛子に告《つ》げる。

ここは押しの一手だと、男の勘が訴えていた。

いきなり想いをぶつけられ多少なりとも戸惑《とまど》いは感じられるものの、コケティッシュな仕草の端々《はしばし》から「脈あり」の感が漂《ただよ》っていたから。寛子が先ほど口にした「口説かれているみたい」という台詞《せりふ》自体が、願望を表しているようにも思えたから。

「………」

「こうして寛子さんを前にしていると、昔のことが色々と蘇ってきます」

どのように告白を受け止めればいいのか、答えに悩んでいる寛子に微笑《ほほえ》みを投げ掛けると、稔は懐かしそうに語りはじめた。

「……う、うん……そうね、私もよ。稔君とは思い出がいっぱいあるもの」

「僕にとってはどれもがいい思い出ですけど、一番はやっぱり……」

と、そこまで口にして、稔はクスクスと含み笑いをした。

上目遣《うわめづか》いでチラチラと寛子の顔色を窺いながら、先の言葉を勿体《もったい》ぶる。

「フフフ、どうしたの。一人で笑ってないで早く話してちょうだい」

「ええ、確か小学校四年か五年か、そのくらいの歳だったと思いますけど、寛子さんとよくお医者さんごっこみたいなことをしてましたよね？」

「そ、そうだった？」

「たいてい僕が患者の役で……」

ナース役の寛子さんにここを触診されたと、自らの下腹部を指さしながら、稔は悪戯《いたずら》っぽい口調で言葉をつづけた。

「さあ、そんなことしたかしら？　私は全然覚えてないわ」

「しましたよ。僕はちゃんと覚えてますから」

ほのかに顔を赤らめて、明後日《あさって》の方向に目を遣った寛子に力を込めて言い切る。

あのときの体験は少年期の一番のズリネタで、妄想と現実が入り交《ま》じっているところもあるが、淫らな悪戯をされたことは紛《まぎ》れもない事実である。

「きっと稔君の記憶違いよ。だいたい稔君とお医者さんごっこなんてするわけがないもの……それに、もしもの話よ。もし仮にその話が本当だったとしても、稔君に私を責める権利なんてないと思うけど」

「べつに寛子さんを責めるつもりはありませんけど、どうしてです？」

「稔君だって私にずいぶんエッチなことをしていたじゃない。胸に触ったり、スカートの中を覗いたり……言っておきますけど、私は全部知っていたんですからね」

子供だから大目に見てあげたのだと、あの頃の稔君はとんでもない「エロ坊や」だったと、寛子は幼子を叱《しか》りつけるようにメッと顔を顰《しか》めた。

「稔君って本当に、エッチな男の子だったわ」

「そんな僕を、どうして独りきりの家に？」

「……べ、べつに、懐かしかったから、それだけよ」

「懐かしさついでに、今だけ昔に戻って……しませんか？　あのときのつづきを」

ソファから腰を上げ、ガラス製のテーブルを脇に押しのけると、稔はおずおずと寛子の足元に跪《ひざまず》いた。上目遣いに寛子の目を見つめながら、控えめなミニのタイトスカートから露出したストッキング包みの太腿《ふともも》に手のひらを這《は》わせてゆく。

「ちょ、ちょっと稔君、ダメ、ダメよぉ」

スカートの中まで這わされようとした手を押し戻すと、寛子は小さく首を横に振った。

嫌よ嫌よも好きのうち、そんな女の表情で……。

恨《うら》みがましげに眉を顰《ひそ》めてはいるものの、黒目がちの瞳はほんのりと涙で潤《うる》み、頬《ほお》はますます朱《しゅ》に染まっていた。半開きの唇から漏《も》れる吐息も甘い音色《ねいろ》を帯びて、女体の火照《ほて》りがありありと感じられた。

「あ、あのね、未亡人だからって、こんな……か、勘違いしないでちょうだい」

「どういう勘違いですか？」

「言わなくても分かるでしょ。もう子供じゃない、ふぅ!?　ん……んんぅ」

ムキになって言い返してきた寛子の口を塞《ふさ》ぐように、稔は強引にキスを仕掛けた。

あまりに唐突な展開に当惑しながらも、寛子は抵抗しなかった。

もしかしたら男との触れ合いは久しぶりなのか、どこか初体験の少女のような硬さを感じさせるものの、上唇を捲《めく》るようにして舌を挿《さ》し込めば、寛子はおずおずと口を緩《ゆる》めてくれた。

しばし舌を絡《から》ませ、濃厚なディープキスに溺れる二人。

十年の時を隔《へだ》てて今、新たな関係が幕を開ける。

3

（まさか、こんな幸運に恵まれるとは……）

肉厚の女体を愛《いと》おしげに抱き締め、激しく舌を交わらせながら、稔は幾度と知れず天に感謝を捧げていた。十年振りに生家を訪れたその日に憧れの女性と再会できたばかりか、少年期の夢までもが叶えられようとしているのだから。

「……寛子さん、いいんですね？」

互いの唾液を飲み交わし、吐息が糸を引くようにゆっくりと唇を分け隔てると、稔は寛子の耳元でテノールの声を甘く響かせ、言葉少なに最後の意思を問うた。

「……聞かないで、今さら……ずるいわ」

唾液で濡れた朱唇をそっと手のひらで押さえると、寛子はぼそっと言葉を足した。

ずいぶん遊んできたようね、と……。

「それは、どういう意味です？」

「女の扱いに慣れているってこと。キスも上手だし」

「そんなことは……こう見えても、無茶苦茶緊張しているんですから」

「さあて、どうだかねぇ」

白々《しらじら》しいとばかりに鼻を鳴らすと、寛子は稔の腕を振りほどくようにしてスツールから腰を上げた。

「あの、どこに？」

「大丈夫よ、べつに逃げたりしないから……すぐに戻ってくるから待っていて」

「もしかしてシャワーですか？　そんなのいいんですよ」

慌てて寛子に追いすがり、背後から女体を抱き締めると、稔は両手を胸元に伸ばし、シルクのブラウスの上から巨乳を揉《も》みながら、甘えた声で囁《ささや》きかけた。

寛子さんの匂いを感じてみたいから、と……。

稔はいわゆる「匂いフェチ」で、女性の体臭に興奮するタチである。

女性に打ち明けるには少々躊躇《ためら》われる性癖《せいへき》ではあるものの、相手が年上の女性だと素直に欲望を露わにできた。結局のところ、女体の抱き心地《ごこち》ばかりではなく、我《わ》が儘《まま》な男の願いに何でも応《こた》えてくれそうな、心を蕩《とろ》かすほど甘い包容力こそが熟女の本当の魅力なのかもしれない。

「ヤダわ。稔君ってそういう趣味があるの？」

「はい。凄《すご》く燃えるんです」

呆《あき》れ半分に問い返してきた寛子に、臆面《おくめん》もなく言ってのける。巨乳を鷲摑《わしづか》みにしてセミロングの髪に顔を擦《こす》りつけ、硬くなったイチモツをグネグネと女尻の肉山に押しつける。

「もう、稔君ったら。まだ若いのにずいぶん変態なのね」

「だから、今すぐに……」

させてくださいと、すべての言葉を告げるより先に寛子の背後にしゃがみ込む。太腿を撫であげるようにしてタイトスカートを捲《まく》ってゆく。

「……おっ⁉」

やにわに露わになったブラウンの下着に稔は爛々《らんらん》と瞳を輝かせた。

男児の海水パンツに似たデザインの下着は、体のラインが気になりはじめた熟女御用達《ごようたし》のインナーだった。

「これって、ガードルですか？」

「そうよ、幻滅したでしょうね。もうこういう下着を着《つ》けないといけない歳なのよ」

「幻滅なんてとんでもない。好きですよ、僕はこういう下着も」

自嘲《じちょう》気味に言い捨てた寛子にすかさず言葉を返す。

確かに年増臭い下着ではあるものの、煌《きら》びやかな化繊生地《かせんきじ》とフェミニンな刺繍《ししゅう》に彩《いろど》られたガードルは立派にランジェリーと呼べるほど華《はな》やかだった。

「本当に？　稔君ってつくづく変な子ね。こんなおばさん下着のどこがいいの？」

「さあ、どこかな、うまく説明できませんけど……」

寛子さんが穿《は》いていると余計に魅力的に思えると、心の中で言葉を足して、逆ハート型に整えられた双臀に顔を擦りつける。このツルツルでスベスベの触り心地にも性的興奮が高められた。

そっと小鼻を膨《ふく》らませれば、股座《またぐら》からはほんのりと牝《めす》の香りが匂ってくる。クロッチ部分に鼻面を進ませれば、蒸《む》れを感じさせる牝の淫香に心地よく鼻腔《びくう》がくすぐられる。

「あぁん、そんなに匂いを嗅《か》がないで。いくら何でも恥ずかしいわ」

「恥ずかしくありませんよ、凄く……はあぁ、いい匂いだ」

立ち昇る香りはまさしく熟女のそれ、男の劣情を激しく煽《あお》り立てるフェロモンの淫臭だった。もしかしたら寛子もすでに牡《おす》と繋《つな》がる体の準備を整えているのかも分からない。嗅げば嗅ぐほどに女臭は悩ましく、目眩《めまい》を覚えるほど濃密に変化して、ガードルのクロッチ部分がしっとりと湿ってきたのだから。

もはや、居ても立ってもいられない。

稔はレイプまがいの荒々しさで、フローリングの床に敷かれたラグの上に寛子を押し倒すと、乱暴にスカートを脱がせ、ガードルを引きずり降ろしていった。

抵抗する暇を与えず、下に穿いていたショーツもろともパンティストッキングを毟《むし》り取り、ボトムレスの姿に変えてしまう。

「キャッ……ちょ、ちょっと待って。まさかここでするつもり？」

「……おっ、おおぉ！」

寛子の声を無視して太腿をこじ開け、股座を覗き込んだ稔は、瞳に飛び込んできた光景に思わず唸《うな》り声を漏らし、ズキズキと男根を震わせた。

少年期に何度夢見たかしれない寛子の女陰、そのものだけでも充分に刺激的だが、まるで失禁でもしたのかと見紛《まが》うほど花芯は多量の愛液で濡れそぼっており、ヌラヌラと淫靡《いんび》なテカリを帯びていたではないか。

こうして拝んでいる間にも、分厚いラビアに縁《ふち》取られた粘膜からは透明の肉汁が雫《しずく》となって滲《にじ》み出し、膣穴がむず痒《がゆ》そうに収縮しているのが見て取れる。

頭に描いていたシナリオでは、時間を掛けてじっくりと前戯を楽しんでから本番に臨《のぞ》むつもりだった。憧れの女性の肉体を隅から隅まで観察し、あらゆる匂いを嗅ぎまくり、味をも確かめたいと考えていたのだが、愚息はもはや一杯一杯の状態だ。すぐにでも秘唇を貫き、蜜壺を掘りまくり、最高の悦《よろこ》びとともに快楽を極《きわ》めてしまいたい。

稔はせかせかとズボンを降ろし、ボクサーブリーフを脱ぎ去って、ガチガチに膨れあがったイチモツを露わにした。

日本男児の平均を多少上回る程度のサイズは、自慢できるほど立派ではないが、雁首《かりくび》が発達した亀頭と、竿《さお》の反《そ》り具合がこれまで関係してきた熟女達には好評だった。

（……しますよ、いいですね？）

Mの形に美脚を広げさせ、寛子に目配《めくば》せをすると、稔は下腹に貼りついた男根を握り下ろし、膣の入り口に鎌首をあてがった。じっと寛子の美顔を見つめて腰を入れ、肉壺の味を噛《か》みしめながらゆっくりと怒張を挿入してゆく。

「うっ……んふぅ……あぁう、んんぅ……」

濡れ具合からして相当セックスに飢えていたのか、性の感度もいいのだろう。雁の括《くび》れが膣門を潜《くぐ》り抜けるや否《いな》や、寛子は嬉《うれ》しげに眉を開き、淫らな喘《あえ》ぎ声を響かせた。

（ああ、俺は今本当に……寛子さんとセックスしてるんだ）

遂《つい》に夢が叶えられた、その感動に浸《ひた》りつつ、膣底までズップリと亀頭を押し込む。

と、その矢先……。

「おほうぅ……あぁ、ううぅ」

寛子は獣のごとき嗚咽《おえつ》を漏らし、ガクガクと腰を痙攣《けいれん》させた。もしかしたらポルチオの急所を叩かれて、軽くアクメに達してしまったのか、寒さに凍《こご》えたように小刻《こきざ》みに女体が震えている。

が、セックスの本番はこれからだ。

稔はブラウスのボタンを外し、ブラジャーを強引にたくし上げると、露わになった巨乳を両手でこね回しながら男根をピストンさせていった。亀頭の雁でGスポットを抉《えぐ》り、膣粘膜を掻《か》き毟る。ラビアがひしゃげるほどの勢いで男根をうがち込み、子宮口をガンガンと肉の拳《こぶし》で乱打する。

「あうっ、はうっ！　おっ、おほうっ、す、凄いっ、ひぃ……イッ、イッ！」

「ああっ、いい……俺も凄く気持ちいいよ、寛子さん、寛子さんっ！」

憧れの女性と交わっている、その現実にも快感が助長されてはいたが、寛子はこれまで抱いた女の中でも間違いなく一、二を争う名器の持ち主に思えた。

二段にも三段にも膣肉が締まり、雁首がグネグネと揉みほぐされる。粘膜が隙間《すきま》なく男根にへばり付き、子宮から吸い付かれているような錯覚にすら見舞われる。

稔はめまぐるしく変化する寛子のアヘ顔を眺めながら、徐々にストロークを加速させていった。

「うっ、んんぅ、あ、あっ……い、イッ……クッ……ダメ、ダメッ」

「いいんだよ、イッても……ほら、ほらっ！」

腰に巻き付けられてきた両脚《あし》を肩に担《かつ》ぎ、マングリ返しの体位で真上から膣を串刺しにする。肉厚のヒップをバウンドさせて、怒濤《どとう》のごとき連打でポルチオを責めまくる。

「ひぃぃ、お、おおぉ、クッ、イクゥ……イクイクッ……ひ、ひっ、イイィグぅ！」

顔面を引き攣《つ》らせ、寛子は強烈なオルガスムスに昇り詰めていった。

両腕で頭を抱《かか》え込み、ビュッ、ビュビュッと潮《しお》まで吹いて派手に昇天する。

「うっ、おおぉ……お、俺も……い、イクよ、出すよ」

アクメに達した膣はひときわ嵌《は》め心地が良くなり、もはや射精を堪《こら》えることができなくなる。稔は自らも絶頂を極めんと、狂ったように男根をストロークさせた。

二度三度とつづけざまにアクメを極めている寛子の、物の怪《け》に取り憑《つ》かれたようなイキ面を眺めながら、淫汁が飛び散るほど膣壺を掘削《くっさく》する。

　そして、最後のひと突きを子宮口に見舞い、素速く肉棒を抜き取ると、稔はヨーグルトドリンクがごとき濃厚なスペルマを寛子の顔面めがけて噴出させた。

　寛子の胸に跨《また》がり、激しく鎌首をしゃくらせて一発、二発、三発と次々に、美顔が白濁でドロドロに蕩けるほど大量に……。

「はあぁ……ふうぅ……」

　腰が抜けるほどの激悦に頭の中が真っ白になる。

　いまだかつて味わったことがないほどの強烈な射精感だった。

　とはいえ、たかだか一発ばかりで性欲が満たされるわけがない。

　それは寛子も同じだった。

　オルガスムスの淵《ふち》から戻った寛子は、すぐに二回戦をせがんでくる。

　今日なら中に出しても大丈夫よと、そんな遠回しな台詞で……。

「それじゃあ、今度はバックで」

　中出しオーケーの台詞に、新たな劣情を盛《さか》らせると、稔は四つん這いの姿勢で尻を突き出させ、後ろから膣を串刺しにした。

　熟臀が真っ赤に腫《は》れ上がるほど下腹を叩きつけ、奥の奥まで膣を掘る。

　次々に体位を変えて完熟の女体を貪《むさぼ》り、まだまだ子種《こだね》がたっぷり含まれたスペルマを遠慮なく子宮めがけてぶちまける。

それでもなお、性欲が満たされることはなかった。

少年期の想いばかりか、十年間の空白を埋めるように、稔は寛子を求めつづけた。

「……え、何ですか？」

いったい何時間交わっていたのか、何発射精をしたのだろうか。

精も根も尽き果てて床に大の字で寝転がっていた稔は、寛子の呼び掛けにふと正気を取り戻した。

「うん、べつに、どうでもいいことなんだけど……実は今日ね、ある男性に会う予定だったのよ」

「ある男性って、誰です？」

もしかしたら彼氏でもいたのだろうかと、そんな疑念が頭をよぎる。

が、寛子は小さく首を横に振り、言葉少なに答えた。

よく知らないの、と……。

「知らないんですか？」

「あのね……ほら、その、で、出会い系で知り合って、今日初めて会う予定だったの」

「……あ、ああ、なるほど」

自嘲気味に呟《つぶや》いた寛子に、稔は大袈裟《おおげさ》に肩をすくめた。

「でも、どうして、そんな話を僕に？」

「ううん、べつに……軽蔑《けいべつ》する？」

「ははは、するわけがありませんよ。その男より僕を選んでくれたんですから……ですよね？」

「フフフ、そうね。そういうことにしておくわ」

ただし、稔君とは体だけが目的ではなかったのよと、寛子は恥ずかしげに言葉をつづけた。

そして、後戯の口づけをして、耳元で甘く囁きかける。

四十歳のおばさんでもいいのなら稔君の彼女にしてちょうだい、と……。

誘いのメロディ

小玉二三

著者・小玉二三《こだまふみ》

東京生まれ。二〇〇八年『女の四股名』でデビュー。以来、地方民俗をとりこむなど、幅広い年齢設定で性愛をとらえる、バラエティ豊かな作品を次々と発表し、注目される。祥伝社文庫の官能アンソロジー『秘本 紅の章』『秘本 黒の章』『秘本 紫の章』に作品が収録される。近著に『密やかな巣』『妻ふたり』『肉感』などがある。

「流壱《りゅういち》くんの担任になりました、音丸《おとまる》小学校の二階堂《にかいどう》と申します。突然のお電話、失礼いたします。あの……近いうちに一度、親御さんにお目にかかりたいのですが。お話があります。また御連絡いたします」

留守番電話の声を聞く限り、若い女性教諭らしい。

『二階堂』──その名前を耳にして、水沢葉蔵《みずさわようぞう》はネクタイを外《はず》す手を止めた。神経がピリッとするのがわかった。

翌日、仕事をしていると、『流壱の先生から電話が来たよ』と、母が連絡をよこした。

葉蔵はドキリとした。なんとなく緊張しながら、会社から息子の通う私立小学校に電話した。

「お父様はお忙しいようですから、よかったら私が、お宅まで出向きましょうか」

「いやいや、先生にご足労かけるなんて、申し訳ない。僕が学校へ行きます。時間の都合ならつきますから」

妻が出て行ってから散らかり放題になっている部屋を見られるのが嫌で、葉蔵は今週の金曜日の午後、息子の小学校に行くと約束してしまった。

流壱は、この春で二年生になったが、どうやら学校でも問題行動を起こしているようだ。葉蔵の気は重くなる。会社勤めをしていては、息子の日々の心の状態や、生活態度に気持ちを傾ける余裕はない。

実家で暮らしているから、食事や洗濯は葉蔵の母がすべてやってくれる。掃除だけは部屋に勝手に入られるのが嫌で、頑《かたく》なに断っていた。

「……まいったな」

葉蔵は四三歳。仕事は多忙を極めている。正直なところ、息子の存在は厄介だった。


陽《ひ》が長くなった。

授業の終わった校舎は静かだ。校庭の隅にある小動物の小屋の傍《かたわ》らで、飼育係らしい数人の生徒が、兎《うさぎ》に与えるキャベツを手でむしったりしていた。

本校舎を出ると、その裏にある渡り廊下を歩いて、別棟として建てられている小さな南校舎に入った。

その古い校舎には、ピアノの音色が響いていた。それを耳にすると、葉蔵は胸騒ぎを覚えてしまう。

図工室、理科実験室、視聴覚室、家庭科調理室……そして音楽室。古い鉄筋コンクリートの三階建ての南校舎には、それらの教室が集まっていた。

音楽室のある三階まで、階段を上がった。春のなまぬるい西日が、床に橙色《だいだい》の陽だまりを作っている。

今日もよく晴れた。暖かな風に、花粉や埃《ほこり》が舞い上がり、あたりは霞《かすみ》がかかるようだ。明るいのに曇っていて、なんだか眠気を誘われる陽気だった。

ピアノの音がしだいに近づく。

その曲名は解らないが、葉蔵のよく知っている曲だった。もう幾度《いくど》となく聴《き》いたことがあり、耳に馴染《なじ》んでいる。

葉蔵はやがて妖《あや》しい気持ちになってきた。

「お邪魔いたします」

ノックをしたが、しかし返事がない。演奏は続いている。

「失礼します」

ドアを開く。広々とした教室の、机と椅子が並んだいちばん奥に、グランドピアノが置かれていた。蓋《ふた》が開いている。その陰になって、演奏者の顔は見えない。

「水沢です。息子がお世話になっています」

机の間を縫《ぬ》って歩きながら、少し大きな声をだした。緊張していた。

ようやくピアノ演奏が止まる。

「あっ、ごめんなさい、気づかずにいて」
三十そこそこだろうか。葉蔵はハッとして、こちらを向いた二階堂の顔を、思わず探《さぐ》る
ようにして見つめた。
「ピアノを弾《ひ》きだすと、つい夢中になってしまって……。どうぞ」
女教師は、傍らの椅子を葉蔵に勧めてくれた。彼女の肩より長い髪は、いかにも自然な
栗色で、毛先がゆるく波打っている。
『学校でね、毛染めとパーマのことをいつも言われて困ってしまうの』と、やはりこんな
色の髪をしていたあの少女は、胸元に紺色のリボンを結び、ニットの白いベストとチェッ
クの柄のプリーツスカートという制服を着ていた。そして苦笑したときに、口元にくっき
りと笑窪《えくぼ》ができたのだが――。
「二階堂香澄《かすみ》です。今日はわざわざ……」
と、微笑《ほほえ》んだ女教師の唇の脇にも、笑窪がある。
そして、香澄という名前。
もう間違いない。
「すみません。先生、あの……失礼ですが、あなたは、あの香澄ちゃんでは……」

たまらず葉蔵は口を開いた。

彼女の方は、しかしすでに承知していたようで、

「水沢……葉蔵さんですよね？　ええ、そうです。私、香澄です。奇遇ですね」

と、さらに笑窪を深く刻んで微笑んだ。

白いソックスを履《は》いて、冬でも素脚《すあし》を見せていたが、それが今は光沢のある半透明のストッキングに黒いパンプスへと変わっている。

ほっそりと長い脚線は変わらずだが、よく見ると、脹《ふく》ら脛《はぎ》のあたりは、いくらか肉がついた印象で、それがいかにも妙齢の女らしい、艶《つや》めいた雰囲気だ。

「流壱くんの住所を見て、解っていました。私の生まれ育った家の、お隣さんですもの」

香澄は微笑む。十八歳の昔より蠱惑《こわく》的で、複雑な陰影を含んだ笑い方だった。

「まったく驚いた。もうどのぐらいになるのかな、僕が三十一歳の時だから……」

今から十二年前のことだ。ということは、目の前にいる今現在の香澄は、すでに三十路《みそじ》を迎えたばかりになる。

「ご結婚は？」

「二階堂のままですもの。まだ一度も」

その時、チラッとこちらを見た彼女の視線が、妙に粘《ねば》っこいようで、葉蔵は胸苦しくな

ってきた。


「どうしよう、目の前がぐらぐら回る。立っていられない」

数学を教えていたら、十八歳の香澄がそう訴えてきたので、あの時、葉蔵は慌《あわ》てて彼女をベッドに横にさせた。

「一人じゃ心細いの、隣にきて」

「――え」

横になった香澄は、すがりつくような眼差《まなざ》しを向けてくる。葉蔵はすっかり面食らった。

「隣って……僕は気分なんて悪くないよ」

辛《かろ》うじて、そう笑いながらかわした。

誘われているのは確かだ。が、彼女があまりにも無垢《むく》な印象なので、『ほんとうに、自分の言っていることの意味を理解しているのだろうか？』と、疑ってしまう。何も知らないからこそ、無邪気に、女友達と戯《たわむ》れるのと同じ気持ちで、思ったままを口にしているだけではないのか。それとも、知りすぎているからこそ、こうして大人を挑発して楽しんでいるのだろうか……。

気がつくと、ベッドの中の香澄の、そのすがりつくような眼差しから、葉蔵は目を逸《そ》らすことができなくなっていた。

「……あの、さ」

葉蔵は自然と片手を伸ばしていた。指先が、彼女の頬《ほお》に触れた。

「……ぁ」

香澄の唇がフッと開く。声になる前の、小さな喘《あえ》ぎのような音が漏《も》れる。真珠のような前歯と、その向こうでヌラッと光る赤い舌が覗《のぞ》いていた。

それをじっと見つめているうちに、葉蔵はフラッと体が動いていく。

「……ンッ」

発作的に、そこへ自分の口を重ねていた。

――まずいことになるぞ。

不安が胸に押し寄せる。

顔を揺らすと、香澄の唇がたわみ、歪《ゆが》んで、よじれていく。ぬちゃという音がして、唾液に湿る唇の裏から、甘い口の匂いが漏れてくる。

こうなると、もう自分を止められない。誘惑に箍《たか》が外れたということだ。

「……ンンッ。ま、待って。こうするの」

香澄が再び、甘えた声を漏らした。彼女は舌を伸ばすと、それをゆっくり動かして、濡れた先端で葉蔵の唇をなぞってくる。

「こんなこと……今まで、他にも誰かにした？」

「してない。でも、誰かにしてみたかった」

そして彼女はまた、葉蔵の唇をぬらっと舐めてくる。きっと彼女は、生まれながらに、こういうことに関して感受性が豊かなのだろう。早い話が、淫蕩《いんとう》な娘ということだ。

「僕だって触りたいな。……ここを」

香澄の上になっている葉蔵は、腰を浮かせて隙間《すきま》を作り、彼女の股間を探《さぐ》った。乱れるスカートごしに、恥骨の出っ張りを感じた。

「だ、だめ……お願い、やだぁ」

香澄は急におびえた顔をすると、顔を嫌々と細かく動かした。葉蔵の体の下で、彼女の下腹部から膝《ひざ》にかけて、グーッと力が入っていくのが感じられる。

その切迫した様子は、やはり男を知らない少女の物腰だ。

いけない、と、葉蔵はひるんだ。

彼女を組み伏せている今、スカートを捲《まく》り、下着を脱がせてしまうことは難しくない。が、処女となれば、やはり自制してしまう。

「どうしても駄目かい？　他のところなら触ってもいいのかな？」

そんなことを繰り返し問いながら、いつしか指先にじわじわ力を入れ、ふっくりとした恥丘に指先をめり込ませていく。

「あぁっ、ほら、触っちゃった。香澄ちゃんの、ここ……柔らかいね」

「そ、そんな。そこは、だめぇ」

香澄はおびえたように、体を硬直させ、泣き声を漏らす。葉蔵は、そんな様子に刺激されたが、男が初めてなのだろう彼女を思うと、これ以上の行為を躊躇《ちゅうちょ》してしまう。

とはいえ美少女相手に簡単に行為はやめられずに、結局は悪戯《いたずら》に彼女の恥丘を揉《も》み続けた。

とうとう彼女のショーツの中に指を入れて、割れ目からしみ出ている愛液を指先にぬらりと絡《から》めながら、亀裂を割ってしまったのだが……。腰が勝手に震えだすほど、昂《たか》ぶった。あの興奮の記憶は、いまだに鮮明だ——。

「息子はお祖母《ばあ》ちゃんっ子でね……。僕の母も一緒に暮らせて喜んでいて」

緊張のあまり、とめどなく声高《こわだか》に喋《しゃべ》りながらも、葉蔵の頭の中には、目の前にいる彼女との、十二年前の出来事が繰り返し蘇《よみがえ》っていた。

「あの、流壱くんのお母様が出て行かれて、どのぐらいなんですか」

いきなり香澄が質問してきて、葉蔵ははたと口ごもった。

「えーっと、半年ほど前……ですかね」

「大変ですね」

香澄がしみじみ言った。旧知の間柄の親しみが、その口調にはこもっていた。

●

今、香澄が暮らしている街は、葉蔵の家と同じ沿線にあった。彼女の方がひと駅都心に近い。

面談が終われば帰るだけという香澄と、葉蔵は共に肩を並べて学校を後にした。どちらが誘ったのでもない。ごく自然にそうなった。

生まれ育った家が隣同士。幼馴染みというには、一回りほど年齢の開きがある。香澄が十八歳までは、葉蔵は『隣のお兄ちゃん』という存在だった。二階堂家が引っ越していった後は、交友は途絶《とだ》え、彼らがどこに住んでいたのかも知らない。だからこそ、このような形での再会に葉蔵は感激して、縁の結びつきの不思議さを思わずにはいられない。

「よく数学を教えてもらって……」

その話題を香澄が口にしたのは、食事の後に入った店でだった。

香澄はカウンターに頰杖《ほおづえ》をついて、目の前のグラスの中を見つめていた。濃紺のスーツに白いシャツという堅い服装で、そんな程よく崩れた風情《ふぜい》のポーズをとられると、ドキリとさせられる。

彼女のグラスの縁《ふち》は、唇の形にリップグロスで曇っていた。

「高校の数学ぐらいは、なんとかなった」

「葉蔵さん、理工系だったから」

「いやぁ、そんなたいそうなものではないさ。あの頃は独身で、ただ暇だったたんですよ」

葉蔵は大学生の頃は、家庭教師のアルバイトに精を出していた。どちらかといえば『出来のいい息子さん』で、近所では通っていた。

家の前で香澄に声をかけられて、『数学で、どうしても解らないところがあるから、よければ休日に勉強を教えて欲しい』と頼まれたのも、三十一歳になりながらも、昔のままの爽《さわ》やかな好印象が続いていたからなのだろう……。

葉蔵は快《こころよ》く引き受けた。隣同士のよしみもあるが、日増しに美少女に成長する香澄と、彼女の部屋で二人きりで過ごすことに、ほんとうはなによりも魅力を感じていた。だから時間を作って、彼女の家に行った。

「暇だったなんて、あの頃は、恋人がいたくせに」

「知っていたのか」

「家の近所で一緒にいるのを何度も見ました。大人だなぁって、憧《あこが》れたものよ。あの人が、結婚なさった……その、今の奥様？」

現在は別居している葉蔵を気遣《きづか》ってだろう、香澄の口調は遠慮がちになった。

「まぁね」

葉蔵の胸にふいに、むらむらと怒りがこみ上げてきた。

●

「だって女子校だもの、知り合うチャンスもないし」

笑窪を深くして、十八歳の香澄ははにかんだ。勉強の休憩中、ボーイフレンドがいるかなどと葉蔵が戯れに質問したからだ。

「でもね、興味がないわけでは……」

香澄は切れ長の大きい目を、ふいに葉蔵に向けてきた。長く濃い睫毛《まつげ》が、十八歳とは思えぬ憂《うれ》いを目元に与えている。化粧などしていないが、情感に富んだ表情だった。十代で、これほど妖艶《ようえん》な雰囲気を醸《かも》し出す彼女に、圧倒されてしまう。

「そうか、香澄ちゃんでも、実はあれこれと、興味を持っているんだね」

香澄は恥ずかしそうに、こっくり頷《うなず》いた。

「いまどきの子だからね」

葉蔵は笑って受け流したが、

「一人でなら、もう充分にクリトリスでいけるの。オナニーしているのよ。大好きで、最近だと一日おきぐらいにしてるの」

香澄が真顔で言い出したので、激しく動揺した。

「あ、あの……そんなこと……しているの」

香澄はシャープペンシルの先を弄《もてあそ》びながら、頷く。そして、ここまで言った以上は、すべて話すから聞いてくれとばかりに、一生懸命になって喋《しゃべ》りだした。

「私ね、知らない男の人に夜の公園のトイレに連れ込まれて、ショーツを脱がされて、立ったまま乱暴にアソコを舐められたり……。それから学校の大嫌いな体育の先生に、マットの上に体操着のまま正座させられて、無理矢理に先生のペニスを口に入れられたりするのを想像すると、なんだかドキドキするの。変態なのかしら」

「そ、それは……だね。あの……」

香澄がじっとこちらを見ている。その視線を辿《たど》っていくと、自分の股間に行き着くのに、葉蔵は気がついた。彼のチノパンツのそこは、みごとに盛り上がっていた。

香澄は澄んだ眼差しで、それを無心に、じっと見つめ続ける。

「膨《ふく》らんで、何かが入っているみたいね」

彼女は指先で、そこに触れてきた。

声をあげそうになったが、葉蔵は必死で堪《こら》えた。すでに婚約者までいながら、彼は何も知らない童貞のようにうろたえてしまう。

「アッ……あの、あのね香澄ちゃん……」

とっさに股間を両手で押さえた。逞《たくま》しく張り詰める一物《いちもつ》が、服地ごしに感じられる。

「大きくなっちゃった。ごめん」

そんなふうに、おどけるしかなかった。葉蔵は馬鹿みたいにへらへら笑いだした。

「…………」

そんな葉蔵の言動に驚いたらしく、香澄は返答しかねるように、無言で見つめてくる。

口が半開きのままだ。吐息に唇が乾くのか、唾液に光った生赤い舌先を覗かせて、葉蔵を見つめながらちらりと舐めてみせる。

「香澄ちゃんの話きいて、想像しちゃったんだ」

彼女の唇の口角《こうかく》が、キュー ッと持ち上がっていく。その傍らに、笑窪が生まれた。

「……そう」

甘えるような、優しく可憐《かれん》な声だった。もう我慢ができない。葉蔵は立ち上がると、彼女の腕を摑《つか》んで引き寄せる。しかし椅子から腰を上げるなり彼女は、「アァ」と苦しげに声を漏らし、目の前がぐらぐら回る。立っていられないと訴えてきた——。

そして今、彼女はカウンターの隣の席で、

「これ以上は無理。目を回してしまう」

と笑っている。

葉蔵は彼女のグラスを摑んだ。

「これ、そんなに度数が強いの？」

再会の興奮や緊張が治まった今、急に疲れを覚えると同時に、十二年前の記憶がしだいに細部まで鮮明になってきて、葉蔵はなんだか荒々しい気分になっていた。

「それ、甘いですよ」

グラスの縁の、リップグロスの曇りに重ねるようにして、口をつけた。香澄のカクテルは、ほんとうにジュースのようだった。

終電間際《まぎわ》の電車は空《す》いていて、二人は並んでシートに座った。会話はなかった。

「もう、香澄さんの降りる駅だね」

「……ええ」

葉蔵は、もうひと駅電車に乗る。しかしホームに降り立った香澄を見ているうちに、心の奥底の何かにせき立てられる。葉蔵は駆け足で後を追ってしまった。下車した直後に、背後で扉が閉まった。

「私のお部屋に、来るんですか？」

香澄が訊《き》いてきた。その無心の表情と、澄んだ眼差しは、十八歳の時と何も変わっていなかった。

●

十二年ぶりの再会の夜、とうとう香澄のマンションの、電子ピアノの置いてあるリビングルームまで来てしまった。

「ご両親と一緒かと思ったら、あなた一人住まいだなんて……。そんな部屋に、僕を入れたんだ。どんなことがあったって……」

葉蔵はソファから立ち上がると、香澄を背後から抱きすくめる。細身だと思っていたが、はじき返すような豊かな肉を感じる。彼の気持ちに弾《はず》みがついた。

「香澄さん……僕はね」

口走りながら、夢中で彼女の胸を探る。スーツの中に手を入れ、シャツごと胸元の膨らみを摑み、揉《も》んでいく。

「あっ……だめです。もう、あなたは父兄なんですよ。だめ、いけないわ」

ブラジャーの固いカップとシャツが擦《こす》れて、絹ずれる音がたった。

「あの時も、そうやって『だめ』って言って……。なのに香澄さん、きみはいったい僕に何をさせたか憶《おぼ》えているだろう」

奔放《ほんぽう》で淫靡《いんび》な空想をさんざん物語り、男が我慢できなくなると、駄目よ、いけないと、弱々しく繰り返す。

『いやよって、いくら言っても、嫌いな教師や、見知らぬ男にアソコを舐められて感じてしまう。そういうのを想像すると、興奮する。辛《つら》くて嫌なことをされると、すごく感じる体質のようだ。変態なのかもしれない、私って……』と、語った香澄の声や口調、妖しく輝いていた瞳を、今も鮮明に憶えている。

「あの時、ほんとうに処女だったのかい」

身もだえる香澄の首元に顔を埋《うず》め、シャツの襟口《えりぐち》から漂う肌臭を嗅《か》ぎながら、ずっと疑問だったことを、葉蔵は尋ねた。

「ほ、ほんとうよ。あの時、私——」

「でも今は、違うんだろう」

妻と別居して以来の鬱屈《うっくつ》が、強烈な衝動となった——。

葉蔵は、ボタンをちぎり飛ばしながら、彼女のシャツを開いていく。

「あっ……だめ。いやぁ」

身をひねった香澄のスーツの襟を後ろから摑み、脱がせていく。前の開いたシャツも同じようにすると、彼女は白いブラジャーを露《あら》わにして、必死に両腕で我が身を抱きながら、もつれる足で逃げだした。

「そこが寝室？」

追い詰められた香澄が、背中を押しつけているドアを、顎《あご》でしゃくった。

彼女は葉蔵をじっと見つめたまま、ゆっくり頷いた。

「入ろう。きみも、そうしたいんだろう」

あの時も――

彼女がそれを望んでいると確信したから、葉蔵は十八歳だった香澄を、勉強机の前の椅子に浅く座らせた。ソックスを履いた足は、肘《ひじ》掛けに乗せた。その片方に木綿のショーツが引っかかっていた。

年上の男から激しく強引に秘部を舐められる想像をして、オナニーをしてしまうといった香澄の、その告白のあまりの臨場感に誘われて、葉蔵はその妄想と同じことをしていく。香澄の告白は、暗に『そうしてくれ』と、彼を誘う言葉にしか思えなかった。

「アアッ、だめ。葉蔵さん、こんなこと、だめ」と言いながらも、香澄は目を閉じたまま、しだいに息づかいを乱していく。細い腿《もも》は小刻《こきざ》みに震えていた。葉蔵の舌がズルリと這《は》うと、陰部からは、新たな愛液がとめどなく溢《あふ》れてくる……。

「いや……アァ、いやぁ」

香澄は自分の指を嚙んで喘いでいた――。

「頭に焼きついているよ。この、けっこう長くて、ぼさぼさした毛がね」

香澄の寝室は、ベッドに占領された小さい部屋だった。厚いカーテンが引かれている。開いたままのドアからリビングの明かりが入ってきた。その中で彼女をベッドに押し倒し、スカートの中を探っていると、誤ってストッキングを破ってしまった。香澄は悲鳴をあげたが、それは男の荒々しさに陶酔するような、悩ましい声だった。

激しい抵抗もなかった。

あの時のように、ショーツを片脚だけ抜くと、仰向《あおむ》けのまま、彼女を大股開きにさせた。

恥骨のこんもりした張り出し具合も、そこに渦《うず》を描くような生え方をしている陰毛も、あの時のまま。開いた生々しい陰部の色だけは、前より淡く、桃色めいてきたようだ。

「ふっ……なんだか、すごく成長したみたいだね。前より形がくっきりして、大きくなっているようだ」

香澄が羞恥《しゅうち》の悲鳴をあげる。

「いや。比《くら》べないで……。あんな昔と……」

しかし、確かにクリトリスは前より肥大し、つまんだ小陰唇も昔よりも厚みが増しているようだ。

「また舐めたい。今度は途中でなんかやめたくない。まさか、こんな時がくるなんて」

クリトリスを前歯に捕らえて、軽く嚙《か》み、舌でねぶる。上唇に、香澄の固い性毛がこそばゆく擦れた。

「ウッ……ンァ……」

香澄の腰が硬直した。が、やがて、

「アアッ。今はもう、そんなのだめなの」

語尾を舌足らずにした泣き濡れた声で、そう口走りだす。ただ弱々しく『だめ』を繰り返すばかりだった昔と比べると、今は情感の匂いたつ、悩ましいまでの哀願口調だった。

葉蔵は舌を思い切り伸ばして、亀裂の内側をくすぐったり、襞《ひだ》の隙間《すきま》にまで舌先を潜《くぐ》らせてみたりと、今の香澄から濃厚な恥悦を絞りだそうと、絶え間なく口元を動かす。

「いやっ。今はもう私は……昔と違ってしまったの。もうだめ。今はだめ。だめよ」

「何がだめなんだ。まさか……」

この部屋には、彼女の他にも誰かいたりするのではないか……。ふと、嫌な記憶が生々しく蘇り、葉蔵は体が強《こわ》ばった。

あの日――

勉強机の前で、香澄の開いた太股はしだいに痙攣《けいれん》をはじめていた。「いや、いや……」と口走るのに、体は反応してしまっているのが、とてもはしたない。

葉蔵はときどき顔を離すと、その唾液と愛液とで光る陰部を指でこねくり回した。クチュクチュ音がして、陰毛にまで粘液が伝わっていく。濡れたそれは、白い肌に貼りついていた。

奥まったところで膣口が、ひくひくと動いている。見ていると、新しい愛液が噴《ふ》き出てきた。

「いや、もういや……。アァァ」

香澄はうわごとのようにうめき、ときおり目をカッと見開いて、刺激に顔を歪めていた。

「可愛い。可愛いよ、香澄ちゃん。気持ちがいいんだろう。ねぇ……ほら」

いよいよ葉蔵も、彼女の股で激しく舌をくねらせ、頭を揺らしだしたときだった。いきなり背後のドアが開いた。慌《あわ》てて振り向くと、ジュースを載せたお盆を持つ香澄の母が立っていた。

二階堂一家が越していったのは、それからまもなくだった。香澄の父親の商売が不振で、前々から家を手放すことになっていたようだ。

しかし香澄の母が騒いだので、あたかも一家の引越しは葉蔵の悪戯が原因のように、まことしやかに噂《うわさ》された。

あの頃、近所の話題の中心に葉蔵はなってしまった。

「葉蔵さん、私もう、昔とは違うの」

香澄はいつのまにか、その頃の呼び方をして、ベッドの上で身をくねらせる。

「違うって……」

「あの時、私、確かに処女だったわ。でもあれから……」

「恋人がいるの？　別におかしなことじゃないよ。香澄さんなら、綺麗《きれい》だもの。当然さ」

「いえ……それが私……」

傍らに葉蔵が寝そべると、香澄は改まって口を開く。

「あんな妄想ばかりしていたからかしら。前の学校に勤務していた時に……初めて受け持っていた六年生のクラスの男の子と、彼が卒業して八年経《た》った時に、同窓会で会ったんです。彼、そのとき二十歳。二次会に、彼も含めた何人かの生徒と参加して、帰りが遅くなったら、送っていくってきかなくて。それで、その帰りに、家に上がり込まれて――」

朝まで犯された、と、香澄ははっきり言った。二年ほど前の出来事だという。

「子供の頃から先生が好きだと言われて……私も、最後は彼を受け入れたの。若いでしょう、何度でも……。私も気がつくと失神しそうなほど感じていたの。その男子、私が今の学校に転勤になるまで、よく部屋に来るようになって……」

「………」

「彼と関係ができて半年が過ぎた頃よ。定年で辞《や》めた同僚の男性教諭にね、その元教え子とのことを知られてしまったわ。それで……私は、その人とも関係を持つことになって」

「待って、それは脅《おど》かされて、強要されたということじゃあ……」

「ええ。初めは、確かにそうよ。でも――」

元同僚の男というのは、仕事場では穏《おだ》やかで物静かな人物だそうだが、香澄と二人になると、自分のネクタイや、彼女の脱いだストッキングで手を縛《しば》るという。

「私ね――今、葉蔵さんがしたように、乱暴に服を脱がされて、抵抗すると手をバンザイさせられて、ストッキングで縛られて、ベッドに仰向けにされて……。それでバイブレータとか、いろんな道具を使われたわ。『それだけはやめて』と、言っても駄目だった」

アレってすごいの、電気の振動で抵抗する余地もなく、強引に絶頂までイカされてしまう――と、告白してから、香澄はちらとこちらを見た。目が合うと、はにかみ笑いをして、顔をそむけた。

その表情、しぐさに、誘われてしまう。

「話して。もっと詳しく。道具をどんな風に使われたの。挿入された？」

葉蔵は横たわる彼女に覆《おお》い被《かぶ》さり、その顎《あご》を持って、自分の方へ向けさせる。

「同時に二個とか、三個、使われたりして」

「どうやって、そんなに……」

「アソコに挿《い》れて、もうひとつは当てるのよ……その、クリトリスに。……それから」

香澄の頬がポッとそまる。そして『後ろの穴に』と、小声でつぶやく。

「え。……ここにかい？」

たまらず片手を伸ばすと、仰向けの彼女の尻の下に潜らせて、丸々とした臀部《でんぶ》の割れ間を探る。

「アアッ、そ、そんなぁ……葉蔵さんまで」

さらに頬を上気させて、香澄はせつなげな声をあげる。昔よりはるかに濃厚な情感を湛《たた》える目は、泣いているのかと思うほどに潤《うる》んでいた。

「あっ、ここだ」

「イヤァアーッ」

固く窄《すぼ》む結び口に、指の腹を強く押し当てていくと、香澄は腰から尻を浮かせて、泣き濡れた声をあげた。

「それに、同時にここに当てたんだね」

突き上がる恥丘の亀裂から、頭を覗かせているクリトリスを摘《つま》む。

「ウッ」

香澄の腰が浮いたまま、クッと力んで動きを止める。

「おおっ、すごい」

クリトリスを擦っていると、すぐに愛液が亀裂から滲《にじ》み出てきたので、葉蔵は声をあげた。

「道具を使わなくても、すぐに、こんな反応をして……」

「いやぁ。は……恥ずかしいっ」

顔をしかめつつ、香澄はしだいに腰を揺らしていく。唇が丸く広がり、野太い声が漏れかかる。が、すぐ慌てたように唇を噛んで、堪えていた。

「感じているんでしょう、香澄さん」

彼女は目の縁を濡らしながら、

「でも私はもう……話したでしょう。葉蔵さんが知っている私ではないの。いろいろされてしまって……」

そう悲しげに訴えてきた。

「バイブの他に、どんなことをされた？」

「元同僚の彼は、四つん這いにさせた私を、後ろから激しく突きながら、教え子だった青年に電話をかけさせたわ。私、『今度のお休みには、私の部屋に来て、寂しいから』って、彼を誘わないといけなくて。必死に平静を装《よそお》って喋ったわ。そして私の部屋に来た若い彼と、激しく交わる姿を、元同僚にせがまれるままに覗かせたの。その日、元同僚は押し入れに隠れていたのよ。教え子だった青年は、何も知らなくて……」

葉蔵は、その光景を想像した。下腹部がどうしても反応してしまう。

「初めは押し入れの中の元同僚が気になってしかたなかったの。でも、若い彼の激しさに翻弄《ほんろう》されて、いつのまにか私は、何度も絶頂に達してしまって……」

話を聞いているうちに、ねちっこさを増してきた葉蔵の愛撫に、香澄はいつしか身をくねらせていた。

「いきすぎてしまった私は、彼と体を離した後も、仰向けのまま一人で腰をガクガク揺らし続けていたようで。止まらなかったのね。意識が飛びかけていたから、自分では憶えていないけれど。押し入れから一部始終を覗いていた年配の元同僚に、あとでさんざん言われたわ。『いくいく、中で出して、そうでなかったら、――くんの白いもの体中にかけてと絶叫していた』とかって、ねちねちと報告されて辱《はずかし》められたの」

その年配の元同僚の教師からは、香澄はバイブレーターを差し込まれたまま、ピアノを弾かされたこともあるという。陰部の刺激に耐えきれずに、演奏が途絶えたり、ミスタッチをすると、最初から弾かされるという。抵抗すると、元教え子との関係を暴露すると言われる。仕方なく香澄は演奏をした。

「仕方なくて、そうしたの？」

「そうよ」

葉蔵を見る彼女の瞳は澄んでいる。

「その元同僚は、数ヶ月前から体調を崩して入院しているわ。元教え子は仕事が見つかり、他県に引っ越して行って。私……今は、ようやく落ち着いているの」

ほんのりと笑みを浮かべた香澄を見て、葉蔵はむらむらっと気持ちが昂ぶってきた。

「そうは言うけれど、香澄さん、楽しんでいたんだろう」

「えっ」

「そんなふうな愛欲の生活が、きみだって嫌じゃなかったはずだ」

●

妻は、何も知らなかった。葉蔵の父が病気になり、母だけでは何かと大変になった。

だから二年ほど前に、葉蔵は妻や息子と、実家で葉蔵の両親と同居することにした。

妻は、義父の介護や家事に積極的で、それなりに生活は軌道に乗ったように思えた
しかし、『女子高生に猥褻《わいせつ》行為をした男』だと、今でも葉蔵のことを言う古くからの住人たちの噂が、妻の耳に入ったようだ。

ある時、些細《ささい》な夫婦喧嘩《げんか》をした。いつもなら多少の小競《こぜ》り合いで終わるはずが、一年前のこの時は違った。

「気持ち悪い変態のくせに」

そう言われた。「存在が薄汚い」とも罵《ののし》られた。「知っているんだから」と、妻は眦《まなじり》をつり上げた、すさまじい形相《ぎょうそう》で夫を睨《にら》むと、初めて会う女みたいだった。

息子の流壱の情緒が安定しなくなったのは、その頃だ。妻は程なくして家を出た。残された流壱は、ますます手に負えなくなった——。

「全部、あなたが悪いんだよ、香澄さん。ほんとうは——」

激情に駆《か》られて口走ったものの、葉蔵はふいに口をつぐむ。

限りなくきわどい告白をしてこちらを興奮させ、手を出すまでに仕向ける。でも香澄はいつも「だめ、だめよ」と、押し留《とど》める言葉しか口にしない。

「ほんとうは、こうして乱暴にされるのを待っているんだろう」

背もたれのないピアノ椅子の上で、葉蔵は腰を揺する。香澄は悩ましく喘ぎ声を放ちながらのけぞって、葉蔵の肩に頭を乗せてくる。乱れかかった栗色の髪は柔らかく、その奥から微《かす》かに皮脂が甘く匂う……。

演奏は中断していた。

「ちゃんと最後まで弾かないと、僕はもう動かないよ」

背後から、香澄のふたつの乳房をゆっくりこね回す。二人とも全裸だった。寝室を出て、リビングのピアノの前に来た。椅子に座る葉蔵の上に、彼の勃起に貫《つらぬ》かれながら香澄は腰を下ろしている。

香澄の脇腹や下腹を撫でさすりながら、葉蔵は演奏に耳を傾ける。

「ア……アァァッ」

撫でられるそばから鳥肌を浮かべて、香澄は震える。彼女の股に触れると、そこは熱気を帯びて湿っていた。

「……そこは、アァ」

演奏が、また途切れる。

「今度は違う曲を……そうだな、その元同僚の教師に聴かせたのと同じ曲を、弾いてみてくれないか」

鍵盤の上で、彼女の指はおずおずと動き出した。それは今日の午後、音楽室で葉蔵を待ちながら彼女が弾いていた曲。昔、葉蔵の隣家からよく聴こえてきた、十代の香澄がいつも弾いていた、あの曲だった。

「アラベスク」

香澄は、曲名を教えてくれた。懸命にそれを奏《かな》でるものの、葉蔵の勃起が根本まで埋まっている状態では、すぐに乱れる。繊細《せんさい》で夢見るように美しかったメロディは、すぐにまた乱調子になっていく。

「……ンッ……ッ、ンム……」

辛うじて演奏を続けながら、彼女は葉蔵の股間の上で、もぞりと尻を左右に揺すった。丸々と張った臀部が、葉蔵の陰毛に擦れる。下腹部に根本まで埋まっている陰茎は、僅《わず》かな動きや振動で、彼女の内側に擦れるらしい。香澄は、絶え間ない刺激を受けて、尻を浮かせたまま、腰から下を小刻みに震わせた。

「駄目だ。演奏を」

尻の片方を握った。香澄はいっぱいに鳥肌を浮かべている。

「アアッ」

不協和音が、ジャーンと部屋に響きわたった。

それが静まると、クチャ……クチャと、リズミカルな粘液の音が聞こえてきた。

「今だけは……こうさせて。今だけは……」

香澄が床に爪先立ち、自分から腰を上下させていた。臀裂の向こうに見える生赤い陰部に、陰茎が呑《の》まれたり出てきたりしている。

「香澄ちゃん」

繋《つな》がったまま、葉蔵は彼女を抱いて立ち上がる。香澄もさらに尻を突き上げてきた。

葉蔵は、彼女の胸元に腕を回して抱きしめると、背後から、いきなり突いていく。

「ウアアアッ――」

香澄が大きな声をあげる。激しい抜き差しに翻弄されての絶叫だ。

「嬉《うれ》しいよ。いいんだろう。ほら」

葉蔵の腰遣《こしづか》いに熱が入る。昔、隣家の美少女を思っては、密《ひそ》かにオナニーをしていた。

あの事があってからは近所の噂に悩まされたが、香澄と会えない方が打撃だった。結婚しても、ときおり彼女を思い出しては股間を熱くした。

可憐な美貌のせいで、男たちに目を付けられ、責め苛《さいな》まれてしまう。そんな悲劇に見舞われているはずの彼女は、実は虜《とりこ》になった男たちに自分を嬲《なぶ》らせて歓《よろこ》んでいるのではないか……。

だとしても、そんな香澄が好きだ。それなら彼女が望むように嬲ってやりたい。葉蔵は、ますます激しく腰を動かす。

「アアッ、だめ。葉蔵さん、だめ。やめて」

後ろを振り返った香澄の目は、望んでいた快感に喜悦して、妖しく細められていた。

魔女っ娘ロリリンの性的な冒険

森 奈津子

著者・森《もり》　奈津子《なつこ》

東京生まれ。立教大学卒業。〝性愛〟を核に異端を軽やかな筆致で描き、現代物からSF、ホラーと様々なジャンルを手がけ、熱狂的な支持を得る。祥伝社文庫に『かっこ悪くていいじゃない』のほか、官能アンソロジー『妖炎奇譚』『禁本　惑わせて』など多数に作品が収録される。近著に『スーパー乙女大戦』『あたしの彼女』などがある。

「前から思ってたんだけどさ……。おまえさぁ、セックスのとき、毎回毎回、イッたふりしてないか？」

意を決したような口調で幹久《みきひさ》に問われたとき、私はなにもこたえられなかった。なぜなら、私は本当にセックスのたびに達した演技をしていたからだ。そして、ただの一度も、私はイッたことなんてなかったのだ。

返事をしなくても、私の態度から、幹久はすべてを察したようだ。

「やっぱりな。なんか、変だと思ってたんだよ」

言いながら上体を起こし、ナイトテーブルから煙草《たばこ》とライターをとる。薄暗い部屋の中、ライターの炎に、整った横顔が浮かびあがる。

いらついているときには決まって、幹久は煙草に火をつける。だが、セックスの直後に彼が煙草を吸うなんて、初めてのことだった。

（私にだまされたと思ってるの？　裏切られたと感じてるの？　でも、私は幹久を喜ばせたい一心で……）

長々と煙を吐いてから、幹久は私から目をそらしたまま、吐き捨てるように続ける。

「おまえのイキ方って、大袈裟《おおげさ》なんだよ。ＡＶ女優みたいでさ」

過去の「イッたふり演技」を酷評され、私はカチンときた。と同時に、劣等感が刺激され、深く傷ついていた。

実を言えば、私の性的な経験は非常に貧しい。初めてのセックスは、去年、二十三歳のとき。相手は幹久だ。

彼は、自分が私の初めての相手だったということをいまだに知らない。いい歳《とし》して処女だったのが恥ずかしく、私は彼にも事実を打ち明けられなかったのだ。加えて、初めてでも出血はなかったので、幹久が気づくこともなかった。

それが、ここで突然、自分の未熟さと考えの浅さを突きつけられ、私は一気に崖《がけ》っぷちまで追いつめられた心地《ここち》になっていた。

「な、なによっ……」

なんとかして、幹久に自分と同じような精神的打撃を与えられないものかと、私は言葉を吐き出す。

「幹久だって、自分のテクニックのダメっぷりを棚に上げて……。私にイッてほしければ、いかせてみればいいでしょ！　わ、私は幹久を傷つけまいと一生懸命だったのにっ！」

――当然のことながら、その後は、実に醜悪《しゅうあく》なけんかに至ることとなった。

幹久は、私の肉体的魅力が異性の欲望を喚起するには不充分であることや、私の性器が自分の持ち物に対して広大すぎることや、私の手や口のテクニックが未熟である点を、口汚く批判した。

対して私は、彼の性器のサイズが私にはいささか短小である事実や、射精までの時間が充分ではないこと、そして、やはり手や口のテクニックが未熟である点をあげつらった。

もちろん、第三者からすれば聞くに耐えない言葉で。

私は激怒し、シャワーを浴びることもなく服を着て、彼の部屋を飛び出した。その展開は、彼からすれば、「いまいましい女をおれのテリトリーから追い出した」と表現すべきものだったことだろう。

＊

幹久の家から大通りに出て、タクシーを拾い、深夜ゆえにグングン上がってゆく料金メーターにイライラしつつ、帰宅した。

ワンルームマンションの二階にある自宅のドアの前まで来たとき、新聞受けになにかが突っ込んであるのに気づいた。細長い棒状のものだ。

私はそれをズルズルと引き出した。長さは五十センチぐらいか。柄《え》の部分は金色で、両側にそれぞれ、単純化された赤い太陽と黄色い月がついている。

（おもちゃ？　でも、なんで、こんなものが？）

それを片手に鍵を開け、靴を脱いで部屋にあがってから、思い出した。

（これ、魔女っ娘《こ》ロリリンのミラクルバトンだ！）

アニメ「魔女っ娘ロリリン」は、私が小学三年生のときにテレビ放映されていた人気番組だ。

ミラクルバトンは、主人公のロリリンが魔法を使うときに呪文《じゅもん》をとなえながらクルクル回す魔法の道具で、女児向きのおもちゃにもなっていた。「魔女っ娘ロリリン」に夢中だった私は、親にミラクルバトンをねだったものだが、「番組が終わればすぐに飽《あ》きるから」という理由で、ついに買ってもらえなかったのだ。

それにしても、なぜ、ミラクルバトンがうちのドアの新聞受けに？

（……わかった。二〇五号室のオタク君のだわ、きっと）

隣の部屋には、私と同じ二十代と思われる、ずんぐりとした体型のサラリーマン男性が暮らしているのだが、週末には絵に描いたような典型的オタク青年に変身するのだ。アニメキャラがプリントされたTシャツにブルージーンズ、そしてリュックサックを背負って朝から出かけ、夕方に帰宅したときにはいつも、大きな紙袋を提《さ》げている。紙袋の中身は、秋葉原《あきはばら》か中野《なかの》で購入したお宝だろう。

そして、今回の事態はおそらく、オタク君のお仲間が彼を訪ねてきたものの、間違えて私の部屋のチャイムを押してしまい、留守だったものだから、彼に借りていた（あるいは彼に貸すと約束していた）ロリリンのミラクルバトンを新聞受けに突っ込んで帰った、というものではないか。しかし、オタクが大切なアニメグッズをこのように無造作《むぞうさ》に扱うというのも、ちょっとおかしい気がしないでもないのだが……。まあ、オタクにもいろいろあるということなのだろう。

なつかしいミラクルバトンのおかげで、私は最悪の気分から少しばかり回復していた。

ふと、右手でバトンを持ち直し、クルクルと回してみる。ちょっとぎこちないけれど、まあまあうまく回っている。小学校高学年のときには鼓笛隊《こてきたい》でバトントワリングを担当していたので、これでも一応、経験者なのだ。

ロリリンの呪文も、ちゃんと覚えている。バトンを大きく回しつつ、こう言うのだ。

「ロリロリ、パラレリ、マカハリ、タラカリ、ルリルルー。魔女っ娘ロリリンになーれー！」

ボンッという音と共に、一瞬、煙のようなものに包まれ、視界が閉ざされた。

驚きのあまり、私は動きを止める。

(今の、なに？　バトンに変な仕掛けがされてたんじゃ……？)

煙はすぐに薄れて消えた。

だが、私はふたたびギョッとした。これまで、私はラフなプルオーバーにデニム地のスカートという服装だったのだが、瞬時のうちに、ギャザーがたっぷり入ったピンク色のワンピースに、愛らしいレースのソックスという姿になっていたのだ。

(なんでいきなり、こんなロリロリなファッションに？　まさか、無意識のうちに手品を……とか？)

壁際にある姿見に自分を映し、さらに驚愕《きようがく》する。ボブにしていた髪型はいつの間にか伸びて、クルクルの巻き毛のブロンドになり、おまけに、ワンピースと同じ色のカチューシャまでつけていたのだ。

(ロリリンと同じファッションだわ！)

つまり、私は瞬時のうちに、魔女っ娘ロリリンのコスプレをしていたのである。

しかし、二十四歳の女がロリリンのコスプレとは、あまりにも痛い！　痛すぎる！

「おめでとうございます！　あなたは今や、正真正銘《しようしんしようめい》、本物の魔女っ娘ロリリンです！」

いきなり背後から声をかけられ、ビクッとしながらもそちらに視線を移す。

床の上に、真っ白いスリムな猫がちょこんと座っていた。明るいブルーの目が美しい。

「レディ？」

私は思わず猫に訊《き》いていた。魔女っ娘ロリリンの相棒は、レディという名の白猫なのだ。

猫はニーッと目を細め、きれいな日本語でこたえる。

「よく覚えていてくださいましたわね。いかにも、あたくしはレディですわ。そして、あなたはたった今、九十一代目魔女っ娘ロリリンを襲名なさいましたのよ」

（襲名、って……歌舞伎役者かいっ？）

私はひそかにツッコミを入れつつ、自分の右手で左手の甲をつねってみた。

（痛い。ってことは、夢じゃないの？）

アルコールなら、入っている。でも、夕食時にビールの中瓶《ちゅうびん》二本を幹久と分けあったぐらいで、ほろ酔い加減だったし、それも、何時間も前だ。

私は白猫に疑問をぶつける。

「これって……私がこんな姿になっちゃったのも、魔法なの？」

「ええ、あなたが魔法を使ったのですわ」

確かに、夢や幻覚でなければ、魔法だとしか思えない。自分が一瞬のうちにロリリンのコスプレをしていたことも、猫が人の言葉を喋《しゃべ》っているのも、あまりにも非現実的だ。

その喋る猫に、私はさらに質問してみる。

「なんで、いきなり私が魔女っ娘ロリリンを襲名する羽目《はめ》になっちゃったのよっ？」

「それは、あなたにはかなえたい夢があったからですわ。あたくしの仕事は、世の女の子に夢をプレゼントすることですの」

「私が九十一代目ロリリンってことは、私の前には九十人のロリリンがいたっていうことなの？」

「はい、そうです。初代は、アニメの中の元祖ロリリン。二代目以降は、ロリリンに憧《あこが》れた女の子たちの中から選ばれてきましたのよ。ロリリンを襲名するには、ちゃんと魔法の呪文をとなえられるということが、最低条件ですけれど」

「な、なんか、全然、理解できないんだけど……。どうして、アニメキャラであったはずのレディが実体化していて、視聴者だった女の子たちがロリリンを襲名することになってるのよ？」

「女の子たちの夢見るパワーゆえですわ」

「夢見るパワー？」

「はい。ロリリンに憧れていた何万人だか何十万人だかの女の子たちの念がパワーを有して、あたくしとミラクルバトンを実体化させ、そして、実在の女の子をロリリンに変身させる奇跡を起こしている、というわけですわ」

「私以外の八十九人のロリリンは、今はどうしてるのよ？」

（まさか、この世から消えたとか、死んでしまったというわけじゃないでしょうね？）

だが、レディの返事は、そんな私の不安を取り除いてくれた。

「ロリリンの名を返上した女性たちは、元の姿に戻りましたわ。それぞれ、魔法でご自分の夢をかなえて」

「私も、魔法で夢をかなえることができるの？」

「ええ、もちろん。今のあなたは、魔女っ娘ロリリンですもの」

私はミラクルバトンを見つめて考える。

（今なら、私、簡単に悩みを解消できるんだ！）

そして、すぐさまバトンを回しつつ呪文をとなえてみた。

「ロリロリ、パラレリ、マカハリ、タラカリ、ルリルルー。セックスでちゃんとイケる体になーれー！」

ボンッ！　という軽い爆発音と共に、全身が煙に包まれる。

すぐに煙は消え去ったが、自分の体が変わったという実感はない。

(ちゃんと効《き》いてるのかな……)

疑問に思いつつ、私はミラクルバトンに目をやり……そして思わず「ヒッ」と息を呑《の》んだ。

「な、な、なによ、これ！」

それはどう見ても、大人のおもちゃ——バイブレーターになっていたのだ。毒々しいピンク色で、イボイボのついた、極太の。

「なんで、ミラクルバトンがこんな卑猥《ひわい》なものになってるのよーっ！」

焦《あせ》りまくる私に、レディは憎らしいほど冷静にこたえる。

「ミラクルバトンがあなたの願いをかなえるために、ミラクルバイブに姿を変えただけですわ」

「ミラクルバイブ？」

「ええ。それを使えば、たちまち、イケる体になれますわ」

「魔法にしては、やけにまどろっこしいわね」

「それは、あなたが生まれついての魔女ではないからです。つまり、あなたの魔法の実力そのものが、コスプレに毛が生えた程度のものだということですわ」

(コスプレに毛が生えた、って……なんだか、いやな表現するわね)

余計なトラブルは招きたくないので、ツッコミは心の中だけにし、私はバイブ片手にレディに「ちょっと、実行してみるわね」と告げて、一人でトイレに入った。

しかし、パンツを下ろして、「いざ、挿入！」というときに、私はまたしても悲鳴をあげる羽目になったのである。

なんと、いつの間にか、私の下半身は無毛になっており、しかも、器官そのものも変化していたのだ！　襞《ひだ》は明らかに小さくなり、色も薄くなって……。

こ、怖《こわ》っ！　気持ち悪っ！

あわてて下着を上げて、バイブ片手にトイレから転がり出て、ベッドで丸くなっていたレディに告げる。

「あ、あ、あそこが、変になってる！　ど、どういうことよーっ？」

「魔法の副作用で退化したのですわ」

「た、退化？」

「あなた、オナニーなさったこと、ないのではなくて？」

「えっ……」

いきなり問われ、戸惑《とまど》ったものの、私は正直にこたえる。

「な、ないわよっ。べつに、しなくてもいいでしょ？　男の人と違って、たまる体液もないしっ」

「それはいけませんわ。ご自分の体や性に対する好奇心が欠けていたから、これまであなたは感度を磨くことができなかったんですわ。オナニーで性感を高めることもなく、なんとなーく成長してしまって、それで、いざセックスとなっても、そう簡単に快感は得られませんわよ。生まれつき感度がよければ、別ですけど」

「ど、どうすれば元通りになるのよっ？」

「見せてごらんなさい。その部分を」

「えっ……」

私の躊躇《ちゅうちょ》を見透かしたように、レディはサラッと言う。

「猫相手に恥じらう必要なんて、ありませんでしょ」

（それもそうね）

私は納得し、レディの前でワンピースをめくり、ショーツを下げた。

そのとき、私は初めて、自分の下着がいつの間にか木綿《もめん》の子供っぽいパンツに変わっていることに気づいたのだ。白地に赤いイチゴ模様、そして、前には小さなリボンがちょこんとついている。魔女っ娘ロリリンの下着ということなのだろうが、こんなのを穿《は》いてる成人女性なんて、まるで変態だ！

私の無毛の部分を、澄んだ青い目でまじまじと見つめ、レディは言う。

「明らかに退化してますわね。おそらくは、十五年ぐらい前の状態に。つまりは性器だけが若返ったのですわ」

確かに、この形状には見覚えがある。私の体の中で、性器だけが時間を逆行してしまったのだ。

成人女性の体に未成熟な性器、そしてこのコスプレ！　今の私は最悪の存在だ……！

「ど……どうすればいいのよっ？　そもそも、こんな小さな性器に、このバイブは入らないわよっ！　魔法が全然役立ってないじゃないの！」

声を震わせる私に、レディは毅然《きぜん》と指示を出す。

「すぐさまオナニーをして、ご自分の性器を育て直すのですわ。ちゃんと性的刺激を与えて、確実に快感を得て」

「快感を得る？　こんな状態の女性器で？」

「大丈夫。未成熟でも、快感は得られます。森奈津子《もりなつこ》という女作家は五歳の頃からオナニーに及んでいたと、告白していますし」

（……悪い本を読んでるわね。子供向けアニメのキャラクターのくせに）

私はまたしても穏便《おんびん》に、心の中だけでツッコミを入れる。

「小さな子が自分の性器周辺に触れて快感を発見するというのは、よくある話です。男の子でも、女の子でも。とりあえず、さわってみてごらんなさい」

「わかったわ……」

私は床に座ると、恐る恐る、無毛の丘に触れてみる。

「最初は局部の周辺から攻めるのは、よいことですわ。このまま続けなさい」

レディのアドバイスはどこまでも事務的で、色気もなにもあったものではない。

ちょっと強めに押してみる。股間のあたりで、モヤモヤとしたあいまいな感覚が生まれる。

「いかが？」

「なんだかモヤモヤする。たぶん、気持ちいいんだと思うわ、これ」

「気が向いたら、もっと下のほうに触れてみてごらんなさい。でも、無理はなさらないで」

私は襞に触れてみた。

ここに触れると気持ちいいというのは、幹久とのセックスで初めて知ったことだった。オナニーなどしたことがなかった私は、当然、自分の体のどこが快感を得られるのかも知らなかった。すべて幹久が教えてくれたのだ。

あいまいな快感は高まりはしないものの、私の全身はだんだんと熱くなってくる。

「片手が遊んでいますわ。胸を揉《も》んではいかが？」

提案されて、私は空《あ》いている左手で自分の右胸を揉んでみる。そのとき、私は自分がブラジャーをつけてないことに気づいた。

確か十歳という設定だったロリリンは、胸もほとんどなくて、ノーブラだったはずだ。現在、私のバストサイズは変身前と変わってないようだが……。

私はひそかに嘆《なげ》く。

（ロリロリなファッションにノーブラだなんて、ますます変態的だわ！）

それにしても、どうも、胸のほうの快感はいまいちだ。

それを見透《みす》かしたらしく、レディは言う。

「気分が乗らないようですわね。胸では感じませんこと？」

「うん。あんまり……」

「洋服越しだから、ちゃんと刺激が伝わってこないのではありませんか？　服を脱いではいかが？」

「直接さわればいいっていうものじゃなさそう。たぶん、私、自分で自分の胸を揉むっていう状況を滑稽《こっけい》だと感じちゃって、醒《さ》めてるんだと思うわ」

「確かに、その冷静な分析は、醒めている証拠ですわね」

「下半身だけ刺激してたときには、それなりに気持ちよかったんだけど……」

「しかたありませんわね。あたくしがお手伝いいたしますわ。……えいっ！」

愛らしい気合いと同時に、今度はレディのしなやかな体がボワッと煙に包まれた。数秒後、煙が薄れたときに現われたのは、二十歳《はたち》ぐらいの美しい女性だった。

「変身してみましたわ」

にっこりと笑って言った声は、レディのそれだった。

つりあがった青い目、透明感のある白い肌と、漆黒《しっこく》の髪。すらりとした体に、シンプルな純白のワンピースがよく似合う。まさに、スリムな白猫が人間に変身したらこうなるのではないかと思わせる女の子だった。

膝《ひざ》あたりまで下げてあった私の下着を、レディはさっさと奪い取ると、私の手をとり、ベッドへといざなった。

腰かけると、背後からレディに腕ごと抱きしめられた。そのまま、服越しに、彼女は私の両胸を掌《てのひら》で包んで下から上へと揉みあげる。

「あっ……！」

切ない刺激に、思わず声をあげてしまう。

「こんなふうに後ろから抱きつかれて、無理やりおっぱいを揉まれちゃうっていうのも、ドキドキしませんこと？　変態的なことをされてるみたいで」

「あんっ！」

耳たぶに熱い息を吹きかけられ、それから、濡れた舌で舐《な》められ、ゾクゾクしてしまう。不思議なことに、そんな小さな刺激にも反応し、体の奥深くでなにかが目覚める気配がする。

スカートの中で、性の部分が熱くなっている。触れるのが怖いほどに。

けれど、濡れてはいないよう。まだ、未成熟な状態だから？

「ねえ、ロリリン。あなたの大事なところ、見てごらんなさいよ。そろそろ変化しているのではなくって？」

言いつつ、レディは私のワンピースを大きくめくった。

私は下半身に目を移し、ギョッとした。

「なによ、これ！　毛が生えはじめてる！」

小さな丘は、柔らかな繊毛《せんもう》におおわれつつあったのだ。

「一度は退化した性器が、与えられた性的刺激に反応して、成熟へと向かいつつあるのですわ。なんとか、第二次性徴に入ることはできたようですわね。この調子ですわ！」

つまりは、結果が出はじめていると解釈してもいいわけね？

私はなんとなく安堵《あんど》した。

「こうなったら、服も脱ぎませんこと？」

レディは私のワンピースの背中のジッパーを下げ、脱がしにかかる。私はされるがままだ。

ベッドに押し倒されたときには、一糸《いっし》まとわぬ姿にされていた。

「あたくし、このままあなたの下半身をチェックいたしますから、今度はあなたがご自分の胸を揉んでくださいね」

レディの指示に素直に従い、私は両方の乳房をそれぞれ手で包んで、ゆっくりと揉んでみる。

「ああ……」

じんわりと広がる快感に、思わずため息をついてしまう。

そして、私は気づいた。確かに、幹久に揉まれるときもそれなりに快感はあったが、その刺激は大抵、強すぎたり弱すぎたりで、充分な興奮へとはつながらなかった。しかし、自分で揉めば、刺激の加減は自由自在だ。

ある程度、オナニーの経験を重ねれば、どれぐらいの刺激が一番自分を気持ちよくさせるか、正確に把握できるようになることだろう。そうして、いくらでも自分で自分の肉体を開発できるというわけだ。やがて、感じる体になってゆくのも、自然なことで……。

私はそのような手順も踏まず、幹久にすべてをまかせていた。それはある意味、無責任かつ傲慢《ごうまん》だったとは言えないか？

「はっ……ああ……」

胸を揉み、その快感に身をゆだねつつ、私は心で幹久に謝罪する。

（ごめんなさい、幹久！　私、全然、セックスに協力的ではなかったのに、そのことに自分でも気づかなかった。私が悪かったんだわ！）

そうだ。私は、イクところさえ見せていれば男は満足するのだと、無意識のうちにでも甘い考えにとらわれていなかったか？　自分が快感を得られるか否《いな》かは百パーセント男次第なのだと、不毛な責任転嫁《てんか》をしていなかったか？

「きゃっ！」

突然、レディに両足首をつかまれて左右に大きく開かれ、私は小さな悲鳴をあげた。とっさに閉じようとしたが、すでに両脚《あし》の間にレディが身をすべり込ませており、できなかった。

レディは身をかがめ、指先で私のヘアを左右にかき分け、確認する。

「さっきの状態より、さらに成熟へと進んでいますわ。ヘアも濃くなっていますし。でも、まだまだですわね」

そして、次に襞をそっとつまんで、左右にパックリと開いてしまう。

「や、やだっ。恥ずかしいっ」

「そんなことをおっしゃっていては、エクスタシーを得られる体にはなれませんわよ」

私の抗議を女教師のようにピシャリとはねつけ、レディは続ける。

「ちょっとは濡れているようですが、まだまだですわ。ここは、あたくしが引き続き、お手伝いいたしましょう」

そして、レディは深く頭を下げると、私の襞に舌を這《は》わせたのだった。

「ああっ！」

温かく濡れたものに触れられた奇妙な肉体的刺激と、それが美しい同性——人間に変身した猫ではあるが——の舌であるという精神的な衝撃に、私は全身を震わせた。その行為が甘い快感を引き出すという事実がまた、私の心を翻弄《ほんろう》する。

「あっ……あっ……」

レディの舌が私の襞を割る。濡れた内側を、舌はゆっくりと撫でる。味わうように。

（このままじゃ、エクスタシーを経験する前に、同性愛に走ってしまいそう！）

それほどまでに、レディのやり方は繊細《せんさい》であり巧《たく》みでもあったのだ。

「あっ。だめよっ……だめっ！」

理性が吹き飛びそうになるのが恐ろしく、私は弱々しく拒絶しながらも、自分の胸を激しく揉みしだく。心と体が離れ離れになってしまいそうだ。

レディの舌がピチャピチャと音を立てている。そこで初めて、私は自分が充分に濡れていることに気づいたのだった。

このまま行為を続ければ、私の性の部分は完全に元通りになり、魔法のバイブを迎え入れることができるようになることだろう。

「はっ……ああんっ……」

眉根を寄せ、私は熱い声をあげる。

「ほら、大事な部分をご覧なさい、ロリリン」

言われて身を起こした私に、レディは告げる。

「もう、完全に大人の女性器に戻っていますわ。あなたはご自分の性器を育て直すことができたのですわ！」

言われてみれば、ヘアの密度も、襞の大きさも色あいも、元通りだ。

「や、やったのね、私……」

興奮に息をはずませながらも、私は達成感でいっぱいになる。

「あたくしがお手伝いできるのは、ここまでですわ。さあ、ここでミラクルバイブをお使いなさい、ロリリン！」

レディに手渡された魔法のバイブ——元はミラクルバトンだったもの——を手に、私は考え、そして、湧いてきた疑問をレディに確認する。

「私がこのバイブを使って、ちゃんと感じる体を得ることができたあとも、私は魔女っ娘ロリリンでいられるの？」

「いいえ」

ちょっと寂しげに、レディは微笑《ほほえ》んで首を横に振る。

「九十一代目ロリリンであるあなたは、魔法で夢をかなえ、結果、力を失うことになります。そしてあたくしはあなたの許《もと》を去り、次の九十二代目ロリリンを選び出し、魔法の力を与えて、彼女の夢をかなえるわけですわ」

「もしかして、使える魔法はひとつだけなの？」

「正確には、三つですわ。まず、魔女っ娘ロリリンになる魔法、次に夢をかなえる魔法、最後に元の自分に戻る魔法」

「実質的には、ひとつじゃないの！」

「ええ、そうですわね」

「だったら、最初からそう言ってよ！」

「あら。お教えしていませんでしたっけ？」

「聞いてないわよ！」

「それは申し訳ございません。人々の夢をかなえる仕事も、ずっと続けていると、ミスがあるものですわね」

「ひとつの魔法しか使えないって知ってたら、私、もっと大きな夢をかなえようとしてたわよ！」

大金持ちになるとか、絶世の美女になるとか、不老長寿になるとか……。

「感じる体になるのも、そこそこ大きな夢ではございませんこと？」

「じゃあ、私以外のロリリンは、たった一度の魔法でどういう夢をかなえていたのよ？」

「ご自分やお友達の病気を治したり、離婚寸前のご両親を心から愛しあっている状態にしたり、倒産寸前の勤務先を優良企業に変身させたり、暴力を振るう夫を心優しい人に変えたり……。皆さん、結構、深刻な問題をかかえていらっしゃいますのよね」

「それって、私の性の悩みが深刻じゃないってこと？」

「まあ、あんまり深く考えないことです。この大切な時にいろいろ細かいことを考えていては、また、感度が鈍《にぶ》ってしまいますわよ。とりあえずは、早いところ、その魔法のバイブをためしてくださいませ」

ごまかされたような気がしないでもなかったが、私は素直にバイブを持ち直した。

「今度はあたくしが上半身を担当いたしますわね」

と、レディは私の背後から両手を伸ばし、掌で胸を包み、ねっとりとした動きで揉む。

「あっ……！」

切ないような快感に、私は眉根を寄せた。

「は……あっ……。あんっ……」

指先で乳首を転がすように刺激されつつ、乳房を大きく揉みしだかれ、私の下半身の器官は熱を帯びる。洞窟の奥深くから、なめらかな蜜《みつ》がふたたび湧き出す。

「あっ……ああっ……」

「さあ、ロリリン。今こそ、ミラクルバイブをお使いなさい！」

「そんな、急《せ》かさないで……」

「いいえ、急かしますわ。それを使えば、あなたの夢はたちまちかないますのよ！　ちゃんとエクスタシーに達する体になれますのよ！」

「でも……。でも、もう少し、こうしていたいの……。ああっ……。あなたと楽しみたいのよ、レディ」

レディがピクッと身を震わせたのが、私にもわかった。

その小さな動揺がなんだか癪《しゃく》で、彼女をもっと困らせてやりたくなって、私は続けた。

「ボーイフレンドとするのより、気持ちいいの。あなたとの行為のほうが」

「いけませんわ、ロリリン。あたくしは、一人でも多くの女の子の夢をかなえてあげるのが仕事です。そのような存在として、あたくしは生きておりますの。ですから、あなたのところに留《とど》まろうとすれば、あたくしはこの世から消え去ってしまいますわ」

「そんな……！　そんなの、私、いやよ！」

こんな愛らしい存在が、消えてしまうなんて！

「でしたら、もう、あたくしを困らせないでくださいませ。さあ、バイブをおためしになって」

「……わかったわ」

私は意を決し、そして、レディに訊く。

「ひとつ、お願いしてもいい？」

「はい、なんでございましょう？」

「このバイブを使って、私をかわいがってほしいの。私、初めてのエクスタシーをあなたの手で迎えたいのよ」

すがりつく思いで、きれいな青い目をじっと見つめる。海のように深い、美しい目を。

「……承知いたしましたわ」

レディは静かにこたえる。

「でも、そんなことをしたら、あたくしのほうが別れがたくなってしまいそうですわ」

そう言いながらも、レディはおもちゃを受け取り、そして、私の性の部分に先端を押しつけた。

「あっ。だめっ。そんなにてきぱき済ませないで。もっと私を楽しませて」

「いちいち注文がうるさい方ですわねぇ。意地悪して、かえってサクッと済ませたくなってしまいますわ」

「あっ。あっ……。いやっ……」

バイブの先端をグッと押しつけられ、私の襞は左右にパックリと開いてしまう。

腰をくねらせて逃げようとすると、レディはむきになって、おもちゃで私の中心を突こうとする。

「このっ……このっ……！」

レディの表情は真剣だ。

一方、私はまるで猫をじゃらしているような気分で、だんだんと愉快になってくる。レディのことがひたすら愛《いと》おしい。

バイブで周辺を突かれる刺激が、新たな快感を生み、潤滑剤《じゅんかつ》のようになめらかな蜜を湧かせる。洞窟の入り口を突かれたら、ツルンと入ってしまいそうだ。

「ここがだめなら、こっちですわっ」

突然、襞の上部の一点に、おもちゃの先端を押しつけられた。

「あうっ！」

全身がビクッと震えるほどの快感が生じる。すっかり興奮モードになっていた私の体は、いつの間にかクリトリスの感度も高めていたのだ。

「こうしてやりますわっ」

充血し、小さく勃《た》って感度を増していた快楽の芽《め》は、おもちゃを軽く押しつけられただけで、激しい快感を生み出す。

「ああっ！　……くぅっ！」

おもちゃでそこを突かれるたびに、鋭い快感が走り、私の全身はビクンビクンと跳《は》ねる。

そんな私を、レディはとても優しい目で見つめているが、私は気づかないふりをした。

私たち双方が深い絆《きずな》を望んでは、レディはこの世から消えてしまうことになる。

恋情をいだくのは、私だけで充分。私は片思いを貫《つらぬ》かなくてはいけない。

「あっ……あっ……。早く、ちょうだい！　私の中に……！」

自分で自分の胸を揉みしだきつつ、私はレディに訴える。

「ほしいのよ！　その太いのを、私に突っ込んで！」

「そう言われると、ますます焦《じ》らしたくなってしまいますわ」

笑いを含んだ声で言うと、レディはおもちゃのスイッチを入れて先端で濡れた襞を乱したり、クリトリスに戻ってそこを執拗《しつよう》に嬲《なぶ》ったりした。

（早く……！　早く、入れて！）

でないと、私、あなたに余計な告白をして、あなたを引き止めようとしてしまう。

「は……ああんっ……！」

恥じらいも忘れ、私は脚を大きく開き、その部分を突きあげ、全身でおねだりする。その間にも、おのれの胸を揉みしだく手は止めずに。

（早く終わらせて！　お願い！）

「かわいい人」

その言葉にハッと身をこわばらせた瞬間、襞を割った異物が、洞窟の入り口に突き立てられた。そして、一気に貫かれる。

「はうっ！」

奥深くまで侵入され、身をのけぞらせたところで、ふたたびスイッチを入れられた。おもちゃはブルブルと震え、うねり、内側から私を刺激する。

「ああーっ！」

腰の深部で、瞬時のうちに快感が膨張《ぼうちょう》する。怖いほどの勢いで。

限界までふくらんだ快感のかたまりは、すぐさまはじけた。

全身を衝撃が走り、ガクガク震える。

一気に頭蓋《ずがい》の中にまで達した快感は、そのまま内部で暴《あば》れまわる。頭がクラクラする。気が遠くなる。

熱い衝撃に、全身の細胞がバラバラになりそう。

（今、私、イッてる……！）

頭の隅で思う。

そのとき、レディの声が耳許で陽気に告げた。

「危ない、危ない。あやうくあなたに恋するところでしたわ、ロリリン」

心の中でだけ、私はこたえる。

(私はとっくに、あなたに恋しているわよ、レディ)

体内を暴れまわった快感は、スーッと引いてゆく。快感が弱まってゆく感覚さえ、うっとりするような快美感と化す。

心地よい重さをともなう倦怠《けんたい》感が、全身を支配する。

体は軽いのに、動かすことができない。

(これがエクスタシーというものなのね。これが……)

ああ、なんて素敵な感覚!

やがて、私は幸福な夢から醒めるように、ゆっくりと目を見開いた。

レディの姿は、そこにはなかった。

身を起こし、改めて周囲を見やったが、やはり、レディはどこにもいない。白い猫も、あの美しい女の子も。おまけに私の中に深く穿《うが》たれていたはずのおもちゃも消えていた。

ああ、そうだ。あのバイブは、ミラクルバトンだったのだ。

「寂しいなぁ」

私は声に出し、おのれの気持ちを確認する。

「寂しいよ、レディ」

本当は、もっと、愛らしくて魅力的なあなたと楽しみたかった。

しかし、すでにレディはミラクルバトンを手に、九十二代目ロリリンとなる女性を物色しているところかもしれない。

新たなロリリンは、もちろん、バイブと化したミラクルバトンが九十一代目ロリリンの中に突っ込まれたことも知らないわけで……。

そこまで想像して、私はクスッと笑っていた。

ともあれ、私は無事、エクスタシーを得られるようになったわけだ。もう、セックスのときにバカバカしい演技をする必要もない。これからは、大いにセックスを楽しめることだろう。

しかし、私はもう、幹久の許に戻る気はなかった。

なぜなら、この体は感度が増すと共に、女の子にも欲情できるようになっていたからだ。いや、今の私はむしろ、男性よりも女性に魅力を感じるようだ。

ああ、なんて素敵な魔法だろう！

私は新たな悦《よろこ》びの園への道を、あの美しい白猫にプレゼントされたのだった。

背徳マタニティ

睦月影郎

著者・睦月影郎《むつきかげろう》

一九五六年神奈川県生まれ。数々の職業を経て、二三歳のときに官能作家デビュー。なかでも、『おんな秘帖』で時代官能の牽引役となり、精力的に作品を発表、著書は四九〇冊を超える。祥伝社文庫に『おしのび秘図』『ふしだら曼陀羅』『ほてり草紙』『ごくらく奥義』など多数。近著に『蜜しぐれ』『みだれ桜』『とろけ桃』がある。

1

「ねえ、ご主人が旅行中なら、どうか今夜僕に大人の世界を教えて下さい……」

賢吾《けんご》は、ほろ酔いに任せて助手席から懇願《こんがん》した。

「まあ、真面目《まじめ》な堅物《かたぶつ》かと思っていたのに、石橋《いしばし》君て、酔うとそんなこと言う子だったの？」

ハンドルを操《あやつ》りながら、奈津子《なつこ》が呆《あき》れたように言った。

「ええ、アルコールは弱いんです。あとは、初めてのエッチをすれば大人の仲間入りが出来るんです」

「私なんか一回りも上よ。もっと若い女の子を見つけなさい」

奈津子は笑って言い、賢吾の一世一代の要求も軽くあしらわれてしまった。

石橋賢吾は二十歳、美大二年生である。

今日はバイトしているデザイン事務所の飲み会があり、賢吾は初めて生ビールと緑茶ハイを飲んで酔い、普段は言えないことも思い切って口に出していた。

二階堂《にかいどう》奈津子も事務所のスタッフの一人だが、今日は彼女の送別会だった。というのも奈津子は妊娠七ヶ月になる三十二歳の人妻で、そろそろ自宅で安静にするということだったのである。

身体《からだ》のこともあるし、車で来ていたから奈津子は飲まず、結局家の近い賢吾が送ってもらうことになった。

今日は商社マンの夫が出張で旅行に出たから、彼女はマンションに一人だという。

それで車に二人きりになると、賢吾は急に大胆になり、筆下ろしをお願いしてしまったのだった。

高校時代からシャイで女の子と話したこともなく、まだ童貞どころかファーストキスも未経験なのだが、ほろ酔いになると自分でも驚くほど大胆に告白することが出来た。

何しろ奈津子も今日で退職したのだから、気まずくなっても明日は顔を合わさないのである。

また、だからこそ最後のチャンスと思って彼も勇気を出して告白したのだった。

「だって、若い子なんか嫌いです。僕は落ち着いた大人の奈津子さんが好きなんです」

「そう。嬉《うれ》しいけれど、本当に童貞なの？」

「ええ、正真正銘《しょうしんしょうめい》、女性に触《ふ》れたことはないし、ずっと奈津子さんが最初だったら嬉しいと思っていたんです」

賢吾は、奈津子の美しい横顔を見つめて言い、ほんのり漂《ただよ》う甘い匂《にお》いに股間を熱くさせていた。

セミロングの黒髪にスラリとした鼻筋、形良い唇《くちびる》に切れ長の眼差《まなざ》し。颯爽《さっそう》たる知的なキャリアウーマンだが、ブラウスの胸は豊かに膨《ふく》らみ、下腹も迫《せ》り出して丸みを帯び、アンバランスな体型がまた魅力であった。

しかし車は無情にも、彼のアパートの前で停《と》まってしまった。

「じゃ、ここでね。学校もバイトも頑張って。おやすみ」

奈津子が言い、賢吾も仕方なく降りた。

「はい、じゃお気を付けて。どうかお大事に」

言ってドアを閉めると、奈津子も手を振り、すぐ車をスタートさせて走り去っていった。彼女のマンションは、ここから車で五分ほどなのだ。

未練がましく車を見送った賢吾は嘆息《たんそく》し、キイを出してドアを開け、部屋に入った。

三畳ほどのキッチンに六畳一間、あとはバストイレだけの城だ。机にパソコンに本棚と万年床《まんねんどこ》、キッチンはわりに清潔で、室内もそれほど散らかっていない。

（やっぱり、そう簡単に良いことなんかないんだろうなあ……）

賢吾は思って全裸になり、バスルームに入って歯を磨《みが》きながらシャワーを浴《あ》びた。

そしてさっぱりするとほろ酔いもすっかり覚《さ》め、奈津子に言ったことが恥ずかしく思い出された。

（ああ、あんなこと言っちゃった……。どう思われただろう……）

賢吾は後悔の念に苛《さいな》まれ、Tシャツとトランクス姿で万年床に横になって、頭を抱えて身体を縮《ちぢ》めた。

奈津子だって退職したとは言え、また何かと事務所に顔を出すこともあるだろう。そのとき誰かに言いつけられたりしないだろうかと思った。

それでも、酔いがすっかり覚めるとペニスが激しい勢いで勃起し、彼はあのまま奈津子が応じてくれたらと想像しながらオナニーしようとした。

しかし、その時である。

「うわ！」

いきなりドアがノックされ、賢吾は驚いて飛び起きた。

「はい、どなたですか……」

恐る恐るドアまで行って言うと、

「石橋君、二階堂です。入れて」

奈津子の声がした。

急いでロックを外してドアを開けると、夢ではなく本当に別れたばかりの奈津子が困ったように立っていた。

「どうしました。とにかく中へ」

言うと奈津子も入ってきて、靴《くつ》を脱《ぬ》いで上がり込んだ。

彼もまたドアを閉めてロックすると、完全な密室となった。

「マンションの鍵《かぎ》を落としたみたいなの」

「ええっ……？」

「さっきのお店に電話したけど、もう閉店後で誰も出なかったわ」

「そうですか……」

「お願い、朝まで居させて。車で過ごすのは心細くて」

奈津子が言い、賢吾はドキリと胸を高鳴らせた。

車は、近くのコインパーキングに停めたらしい。

「わ、分かりました……。狭《せま》いですけど」

賢吾が言うと、奈津子もほっとしたように室内を見回して椅子《いす》に座った。

「わりに綺麗《きれい》にしているのね」

彼も布団《ふとん》に座り、夢のような展開に舞い上がりながら、再びムクムクと勃起してきてしまった。

あるいは、あのままオナニーしながら寝てしまい、やけにリアルな夢を見ているだけかと思った。

しかしそっと頰《ほお》をつねってみたが、しっかり痛かった。

「ね、さっきの話だけど、泊《と》めてもらえるのだから、少しだけなら」

「え……」

奈津子の方から切り出し、賢吾が思わず顔を上げると、椅子に座った奈津子の丸膝小僧《まるひざこぞう》と、奥の暗がりが正面に見えた。

「ほ、本当ですか……」

「ええ、若いのだから毎晩のように抜くのでしょう？　だから、指でお手伝いするだけなら……」

「そ、それでもいいです。お願いします。じゃ、こうして……」

賢吾は、奈津子の提案に勢い込んで身を乗り出し、手を握《にぎ》って布団に引き寄せた。

彼女も拒《こば》まず、誘《さそ》われるまま一緒に布団に添《そ》い寝してくれた。

賢吾は、羞恥《しゅうち》を堪《こら》えてTシャツとトランクスを脱ぎ去り、全裸になって甘えるように腕枕してもらい、ブラウス越しの巨乳に顔を押し付けた。

「こう？」

すると奈津子も囁《ささや》き、横から着衣のまま密着しながら、そっと勃起したペニスに手を伸ばしてきたのだった。

2

「ああッ……、奈津子さん……」

やんわりと握られ、賢吾はすぐにも果てそうなほど高まって喘《あえ》いだ。

何しろ憧《あこが》れの美人妻、何度も妄想オナニーでお世話になった奈津子がペニスに触れてくれたのである。

「硬《かた》いわ、すごく……」

奈津子はニギニギと指を動かし、柔《やわ》らかな手のひらに包み込んで囁いた。

「ね、キスしたい……」

言うと、奈津子も賢吾の額《ひたい》にチュッと柔らかな唇を押し当ててくれ、彼は思わずビクリと肩をすくめた。

さらに奈津子は、賢吾の頬にもキスしてくれ、ほんのり濡《ぬ》れて柔らかな唇の感触に彼はうっとりとなった。

「唇にも……」

いい気になって求めると、彼女は少しためらってから、やがて上からピッタリと唇を重ねてくれた。

その間は指の動きもお休みしていたが、ヒクヒクと幹を震わせるとまた愛撫《あいぶ》を再開してくれた。

密着する感触と唾液の湿り気を味わいながら舌を挿《さ》し入れ、滑《なめ》らかな歯並びを舐《な》めると奈津子も口を開いて侵入を許してくれた。

舌を探ると、奈津子もチロチロとからみつけ、滑らかな感触と唾液のヌメリを与えてくれた。

奈津子の吐息は熱く湿り気があり、花粉のように甘い刺激が含まれていた。

賢吾は初めてのキスの感激と、憧れの美女の唾液と吐息に酔いしれ、ジワジワと絶頂を迫らせていった。

すると奈津子が口を離し、指の動きも止めたのだ。

「ね、お口でしてあげる……」

彼女は囁くなり、返事も待たずに身を起こして顔を移動させていった。

（うわ……）

賢吾は心の準備も伴《ともな》わないまま、興奮と緊張に身を震わせた。奈津子の強烈な言葉だけでも、危《あや》うく漏《も》らしそうになってしまったほどだ。

彼女は仰向《あおむ》けの賢吾を大股開きにさせ、真ん中に腹這《はらば》い、顔を寄せてきた。

セミロングの髪がサラリと下腹と内腿《うちもも》を覆《おお》い、その内部に熱い吐息が籠《こ》もった。

股間に美女の顔があり、熱い視線と吐息を感じるだけで羞恥に下腹が波打った。

まず彼女は舌を伸ばし、陰嚢から舐めてくれた。

「あう……」

唐突な快感に思わず呻《うめ》き、まだ触れられていないペニスがヒクヒクと上下した。

奈津子はチロチロと舌を這わせて二つの睾丸を転がし、袋全体を生温かな唾液にまみれさせてから、いよいよ舌先でペローリとペニスの裏側を舐め上げてきた。

舌先が滑らかに先端に達すると、彼女は震える幹を指で支え、尿道口から滲《にじ》む粘液を舐め取り、亀頭にもしゃぶり付いた。

「アア……」

生温かく濡れた口にスッポリと根元まで呑《の》み込まれると、賢吾はあまりの快感に喘ぎ、思わず腰を浮かせた。

「ンン……」

奈津子も、先端を喉《のど》の奥に受け止めながら呻き、熱い鼻息で恥毛をそよがせた。

そして幹を口で丸くキュッと締《し》め付けて吸い、内部ではクチュクチュと舌が蠢《うごめ》き、たちまちペニス全体は美女の唾液にどっぷりと浸《つか》り込んで震えた。

思わず快感に股間をズンズンと突き上げると、奈津子も顔全体を小刻《こきざ》みに上下させ、濡れた口でスポスポと強烈な摩擦《まさつ》を開始してくれた。

「い、いけません。いっちゃう……！」

賢吾は、まるで全身が美女のかぐわしい口に含まれ、唾液にまみれ舌に翻弄《ほんろう》されているような錯覚《さっかく》の中、とうとう絶頂に達してしまった。

「く……！」

大きな快感に全身を貫《つらぬ》かれて呻き、口を汚して良いのだろうかと一瞬ためらったが、ありったけのザーメンがドクンドクンと勢いよくほとばしり、奈津子の喉の奥を直撃してしまった。

「ンン……」

噴出を受け止めながら奈津子は小さく鼻を鳴らし、なおも吸引と舌の動きを続行してくれた。

「ああ……、気持ちいい……」

賢吾は、美女の最も清潔な口に心置きなく射精するという興奮に喘ぎ、幹を震わせながら最後の一滴まで出し尽《つ》くしていった。

やがて彼は、すっかり満足しながら突き上げを止《や》め、肌の硬直を解きながらグッタリと身を投げ出していった。

すると奈津子も舌の蠢きを止め、亀頭を含んだまま口に溜《た》まったザーメンをゴクリと一息に飲み干してくれたのだ。

「あう……」

嚥下《えんげ》とともに口腔がキュッと締まり、彼は駄目押《だめお》しの快感に呻いた。

奈津子もようやくチュパッと口を引き離し、なおも余りをしごくように幹を握り、尿道口に脹《ふく》らむ白濁《はくだく》の雫《しずく》まで丁寧《ていねい》に舐め取ってくれた。

「く……、ど、どうか、もう……」

賢吾は、射精直後で過敏《かびん》になっている亀頭をヒクヒク震わせ、降参するように腰をよじって呻いた。

すると奈津子も顔を上げ、布団に座りながら淫《みだ》らにヌラリと舌なめずりした。

「若いから、すごい量と勢いだわ。味も濃い感じね。気持ち良かった？」

「ええ……、とっても……」

言われて、賢吾はハアハア喘ぎながら小さく答えた。まだ全身に力が入らず、胸の動悸《どうき》も治まらなかった。

「じゃ、これで大人しく寝るのよ。私はシャワーを借りるわ」

「ま、待って……」

奈津子が腰を浮かせようとしたので、賢吾は抜けた力を奮《ふる》い立たせ、必死に縋《すが》り付いて引き留めた。

「なに？」

「一度出して落ち着いたので、どうか初体験の筆下ろしを……」

「まあ、続けて出来るの？」

奈津子が呆れたように言い、ムクムクと回復しはじめているペニスを見下ろした。

どうやら彼女の夫は、一晩に一回の射精が限界のようだった。

「もちろん、何度でも……。だから、どうかお願いします……」

「わ、分かったわ。じゃ、とにかく汗を流させて……」

奈津子も納得したように頷《うなず》いてくれた。フェラをして、自分も相当に興奮が高まったのかも知れない。

「い、いえ、それもあと回しで……」

「そんなに待てないの？」

「ナマの匂いを知るのが、長年の夢だったので、どうか今のままで……」

「まあ、だってゆうべお風呂に入ったきりよ。今日もたくさん動き回ったし」

「そ、それがいいんです」

賢吾が懇願すると、奈津子は呆れた表情をしながらも、諦めたように力を抜き、自分から脱ぎはじめてくれた。

「分かったわ……、でも恥ずかしいな……。匂って嫌だったら言うのよ……」

奈津子は意を決しながらも、急に羞恥を覚えたように言い、モジモジとブラウスのボタンを外していった。

やがて彼の前で、みるみる白く滑《なめ》らかな熟《う》れ肌が露《あら》わになっていったのだった。

3

「ああ……、明るいわ……」

「どうか、よく見たいので我慢して下さい」

賢吾は言い、恥《は》じらう奈津子を布団に仰向けにさせていった。

彼女は一糸まとわぬ姿で身を投げ出し、賢吾も再び添い寝して腕枕してもらった。

白い膨らみは豊かに息づき、谷間がうっすらと汗ばんでいた。

乳輪はやや大きめだが、乳首とともに清らかな薄桃色をしていた。

しかも、腋《わき》の下には腋毛まで煙《けむ》っているではないか。

（うわーっ、色っぽい……）

賢吾は心の中で歓声を上げながら、奈津子の腋に鼻と口を埋《うず》め込んでいった。手入れしていないのは、妊娠してから夫婦生活が疎遠になった証《あか》しなのだろう。

「あん、汗臭いでしょう……」

彼が嬉々《きき》として鼻をクンクンいわせて嗅《か》ぐものだから、奈津子はさらに羞恥にクネクネと熟れ肌を震わせて言った。

賢吾は、生ぬるくミルクのように甘ったるい汗の匂いで鼻腔を満たし、巨乳に手を這わせていった。

乳首はコリコリと硬くなり、膨らみ全体は手のひらに余るほど大きく柔らかだった。

そして充分に嗅いでから、徐々にのしかかるように移動し、突き出た腹に負担を掛けないよう気遣いながら、チュッと乳首に吸い付いていった。

「アア……」

奈津子もビクッと顔を仰《の》け反《ぞ》らせて喘ぎ、彼の髪を撫《な》で回しながら膨らみに押し付けてきた。

賢吾は顔中を膨らみに埋め、心地よい窒息感の中で乳首を舌で転がした。

もう片方にも移動して含み、充分に舐め回してから滑らかな肌を舐め降りると、ほのかな汗の味がした。

なだらかに膨らんだ腹を舐めると、肌がピンと張り詰め、やや濃く色づいた臍《へそ》を舐め、下腹から腰に舌でたどっていった。

この膨らみの中に、もう一つの生命が息づいているとは何という神秘であろう。

しかし彼は股間に向かわず、腰からムッチリと量感ある太腿へと降りていった。

割れ目を見るとすぐ入れたくなり、あっという間に終わらせてしまうだろう。

せっかく口内発射させてもらったのだから、今は性急に行わず、初めての女体を隅々まで観察して味わってから、最後に見れば良いと思った。

滑らかな脚を舐め降りていっても、奈津子は拒《こば》まずに身を投げ出し、彼の好きにさせてくれた。

脛《すね》から足首まで行くと足裏に回り込み、彼は踵《かかと》から土踏まずを舐め、縮こまった指の間に鼻を割り込ませて嗅いだ。

そこは汗と脂《あぶら》にジットリ湿り、ムレムレの匂いが濃く籠もって鼻腔を刺激してきた。

美女の蒸れた足の匂いが胸に沁《し》み込み、さらに回復したペニスに心地よい刺激が伝わっていくようだった。

爪先《つまさき》にしゃぶり付いて桜色の爪を舐め回し、全ての指の間にヌルッと舌を潜《もぐ》り込ませると、

「あう……、ダメよ、汚いから……」

奈津子が驚いたように言って呻き、彼の口の中で唾液に濡れた指を縮め、舌を挟《はさ》み付けてきた。

賢吾は味わい尽くすと、もう片方の爪先もしゃぶり、味と匂いが薄れるほど貪《むさぼ》ってしまった。

そしていよいよ脚の内側を舐め上げ、股間に向けて顔を進めていった。

「アア……、恥ずかしいわ……」

彼が両膝の間に顔を割り込ませると、奈津子がヒクヒクと下腹を波打たせて喘いだ。

白く滑らかな内腿を舐め上げていくと、股間から発する熱気と湿り気が彼の顔中を包み込んだ。

やがて近々と迫って目を凝《こ》らすと、ふっくらした股間の丘には黒々と艶《つや》のある恥毛が程よい範囲に茂《しげ》り、肉づきが良く丸みを帯びた割れ目からは、興奮に濃く色づいた陰唇がはみ出し、ヌメヌメと蜜に潤《うるお》っているのが分かった。

とうとう、女体の神秘の部分に到達したのだ。賢吾は感激と興奮に息を弾《はず》ませ、そっと指を当てて陰唇を左右に広げた。

「く……」

触れられた奈津子が呻いたが、おなかが丸く迫り出しているので、股間から彼女の表情は見えない。

陰唇がハート型に開かれると、中身が丸見えになった。

ヌメヌメと潤うピンクの柔肉が蠢いて、花弁のように襞《ひだ》の入り組む膣口が妖《あや》しく息づいていた。

ポツンとした尿道口の小穴もはっきり確認でき、包皮の下からは真珠色の光沢を持つクリトリスが、よく見ると亀頭の形をしてツンと突き立っていた。

「そ、そんなに見ないで……」

奈津子が、股間に賢吾の熱い視線と吐息を感じて言い、新たな愛液をトロリと漏らしてきた。

「とっても綺麗です。すごく濡れてますよ」

「アア……、言わないで……」

股間から言うと奈津子がクネクネと腰をよじって答え、誘うようにかぐわしい熱気が揺らめいた。

もう堪《たま》らず、賢吾は吸い寄せられるようにギュッと顔を埋め込んでいった。

柔らかな茂みに鼻を擦《す》りつけて嗅ぐと、甘ったるい汗の匂いが蒸れて濃厚に籠もり、さらに下の方にはほのかなオシッコの匂いも生ぬるく入り交じり、悩ましく鼻腔を刺激してきた。

舌を這わせて陰唇の間に差し入れていくと、ヌルッとした淡《あわ》い酸味の潤いが迎え、彼は膣口の襞をクチュクチュと掻《か》き回すように舐めた。

そして滑らかな柔肉をたどってクリトリスまで舐め上げると、

「アアッ……！」

奈津子がビクリと反応して熱く喘ぎ、量感ある内腿でムッチリと彼の両頰を挟み付けてきた。

やはり童貞の稚拙《ちせつ》な愛撫でも、充分に感じるほどクリトリスは敏感なのだろう。

チロチロと弾くように舐めているうち、熱いヌメリも量が増してきたようだ。

　さらに彼は奈津子の腰を浮かせ、白く丸い尻の谷間に迫った。そこにはひっそりと薄桃色の蕾《つぼみ》が閉じられ、細かな襞が何とも可憐《かれん》に震えていた。

　思わず鼻を埋め込むと、豊満な双丘がキュッと顔中に密着した。蕾には、汗の匂いに混じって秘めやかな微香が籠もり、悩ましく鼻腔を刺激してきた。

　賢吾は夢中になって美女の恥ずかしい匂いを貪り、舌先でくすぐるように蕾を舐め、収縮する襞を濡らしてから潜り込ませ、ヌルッとした粘膜を味わった。

「く……、そこダメ……！」

　奈津子が驚いたように呻き、浮かせた脚を震わせながら、肛門でキュッときつく彼の舌先を締め付けてきた。

　賢吾が内部でクチュクチュと舌を出し入れさせるように蠢かせていると、鼻先の割れ目からは白っぽく濁《にご》った本気汁がトロリと溢《あふ》れてきた。

　ようやく舌を引き抜き、脚を下ろしながらヌメリをすすり、再びクリトリスに吸い付いていった。

「あうう……、もうダメ……、お願い、入れて……」

奈津子が嫌々をしながら腰を跳《は》ね上げ、絶頂を迫らせたように口走った。

やはり舌で果てるより、若いペニスを感じたいのだろう。

賢吾も舌を引っ込め、彼女の股間から這い出して添い寝していった。

腹のために、上からのしかかって挿入しない方が良いだろう。

4

すると奈津子も自分から身を起こし、彼の股間に屈《かが》み込んだ。そしてペニスにしゃぶり付いて硬度を確かめ、唾液のヌメリを与えてからスポンと引き離し、彼の股間に跨《また》がってきた。

唾液に濡れた先端に割れ目を押し付け、幹に指を添えながら位置を定めると、息を詰めてゆっくり腰を沈めていった。

張りつめた亀頭が潜り込むと、あとはヌルヌルッと滑らかに呑み込まれてゆき、たちまち彼自身は根元まで深々と納まった。

「ああッ……、いいわ、奥まで届く……」

奈津子が顔を仰け反らせて喘ぎ、完全に座り込んで、密着した股間をグリグリと擦りつけてきた。

膣内は、童貞のペニスを味わうようにキュッキュッと収縮が繰り返された。

賢吾も、心地よい肉襞の摩擦ときつい締め付け、熱いほどの温《ぬく》もりに包まれて快感を嚙《か》み締めた。

もしさっき口内発射していなかったら、この挿入時の快感だけであっという間に漏らしていたことだろう。

じっとしていても収縮の刺激で、ジワジワと快感が高まっていった。

やがて奈津子が身を重ねてきた。

迫り出した腹は大丈夫かと心配だったが、彼女が肌を密着させてきたので、賢吾も両手を回してしがみついた。

「気持ちいい?」

奈津子が近々と顔を寄せ、熱っぽい眼差しで甘く囁いてきた。

「ええ、すぐいきそう……」

「いいわ、中にいっぱい出しても。でも、少しだけ我慢していて」

奈津子が言いながら、徐々に腰を動かしはじめた。

確かに、もう妊娠しているのだから中出しも問題ないだろう。

いったん動きはじめると、奈津子も次第にリズミカルに腰を遣い、上からピッタリと唇を重ねてきた。

賢吾も女体と一つになった感激に包まれながら、ネットリと舌をからめ、奈津子の唾液と吐息に酔いしれた。

そして彼女の動きに合わせ、ズンズンと小刻みに股間を突き上げはじめると、大量の愛液が律動を滑らかにさせた。

溢れるヌメリが彼の陰嚢を濡らし、肛門の方まで生温かく伝い流れ、ピチャクチャと卑《ひ》猥《わい》な摩擦音も聞こえてきた。

「ンン……」

奈津子もすっかり高まったように熱く鼻を鳴らし、賢吾の舌にチュッと強く吸い付きながら、股間をしゃくり上げるように擦りつけて動いた。

「もっと唾《つば》を出して……」

囁くと、奈津子も懸命に唾液を分泌《ぶんぴつ》させ、口移しにトロトロと注《そそ》ぎ込んでくれた。

賢吾は生温かく小泡の多い粘液を味わい、うっとりと飲み込んで酔いしれた。

さらに彼女の口に鼻を押しつけ、湿り気ある甘い息を胸いっぱいに嗅いで突き上げを速めていった。

「顔中にも……」

せがむと、奈津子も興奮と快感に乗じ、大胆に舌を這わせてくれた。

彼の鼻の穴から頬、鼻筋から瞼《まぶた》まで、舐めるというより吐き出した唾液を舌で塗り付ける感じだった。

「ああ……、いきそう……」

賢吾は顔中美女の唾液でヌルヌルにまみれ、唾液と吐息の匂いに包まれながら、動きに勢いを付けて喘いだ。

「ま、待って、もう少し……」

奈津子も息を詰めて口走り、大きな波を待ちながら激しく腰を動かした。

胸には巨乳が密着して弾み、迫り出した腹もきつく押し付けられ、恥毛が擦れ合ってコリコリする恥骨の膨らみまでが下腹部に伝わってきた。

もう限界に達し、とうとう賢吾は昇り詰めてしまった。

「く……！」

突き上がる大きな絶頂の快感に呻きながら、熱い大量のザーメンをドクンドクンと勢いよくほとばしらせ、柔肉の奥深い部分を直撃した。

「あ、熱いわ、いく……、アアーッ……！」

するとと奈津子も、彼の噴出を感じた途端にオルガスムスのスイッチが入ったように激しく喘いだ。

同時に膣内の収縮も最高潮になり、彼女はガクンガクンと狂《くる》おしく痙攣《けいれん》しながら乱れに乱れた。

賢吾は、快感の中で心置きなく射精しながら、大人の女性の絶頂の凄《すさ》まじさに圧倒されていた。

ようやく全て出し切った賢吾は、すっかり満足しながら突き上げを止め、力を抜いてグッタリと身を投げ出していった。

奈津子も、若いザーメンを飲み込むようにキュッキュッと締め付けていたが、やがて熟れ肌の強《こわ》ばりを解き、

「アア……」

満足げに声を洩《も》らしながら、彼に体重を預けてきた。

しかし膣内の収縮は名残惜《なごりお》しげに続き、刺激されるたびに射精直後のペニスがピクンと過敏に跳ね上がった。

「あう……」

そのたび彼女も感じ、さらにキュッときつく締め上げてきた。

女性もオルガスムスのあとは、射精直後の亀頭のように、膣内が相当過敏になっているようだった。

賢吾は美女の重みと温もりを受け止め、甘い刺激の息を間近に嗅ぎながら、うっとりと快感の余韻《よいん》に浸り込んでいった。

「ああ、気持ち良かったわ。すごく……」

「ええ……、僕も感激です。おなか大丈夫ですか」

「ええ、有難《ありがと》う。大丈夫よ」

奈津子は答え、何度か彼の顔にキスしながら、呼吸を整えた。

激情が過ぎ去っても、後悔していないようなので賢吾も安心したものだった。

やがて奈津子がそっと股間を引き離すと、ティッシュで割れ目の処理もしないまま立ち上がった。

「バスルーム借りるわね」

「あ、僕も一緒に」

言われて、賢吾も起き上がってバスルームに行き、スイッチを入れてシャワーの湯を出した。

奈津子も全身と股間を洗い流し、ようやくほっとしたようだった。

賢吾も股間を洗い、湯を弾くほど脂の乗った熟れ肌を見ながら、またムクムクと回復してしまった。

色白の肌がほんのりピンクに上気し、狭いバスルーム内に生ぬるい女の匂いが甘く立ち籠めた。

「まあ、まだ足りないの……？」

奈津子も彼の勃起に気づいて、呆れたように言った。

「す、済みません。何しろ憧れの人が一緒だし、こんな日を夢見ていたものですから」

彼は言い、みたび奈津子に迫っていった。

5

「ね、こうして……」

賢吾はバスルームの床に座ったまま、奈津子を目の前に立たせて言った。

そして彼女の片方の足を浮かせ、バスタブのふちに乗せさせ、開いた股間に顔を埋め込んだ。

湯に濡れた恥毛には、もう濃厚だった匂いも残っておらず残念だったが、それでも舐めると新たな愛液が溢れてきた。

「どうするの……」

「オシッコしてみて」

「まあ……！」

思いきって言うと、また奈津子は呆れたように声を洩らしてビクリと身じろいだ。

ネットで、妊婦のオシッコは精力剤だと書かれていたことがあったのだ。それでなくても、美女から出るものには前から興味があったのである。

「そんな、出ないわ。人の顔の前でなんて」

「少しでいいから」

尻込みする奈津子に答え、割れ目を舐め回し、クリトリスに吸い付いた。

「あう、ダメよ……、そんなに吸ったら、出ちゃうわ……」

奈津子が言い、ガクガクと膝を震わせ、フラつく身体を支えるように彼の頭に手をかけてきた。

どうやら尿意が高まり、彼女もまたアブノーマルな行為に好奇心を湧《わ》き上がらせたようだった。

なおも舐めていると柔肉が迫り出すように盛り上がり、味わいと温もりが急に変化してきた。

「アア……、出ちゃうわ、離れて……」

奈津子が声を上ずらせて言うなり、ポタポタと温かな雫が滴《したた》り、たちまちチョロチョロと緩《ゆる》やかな流れになっていった。

それを舌に受けたが、味も匂いも淡いもので、特に抵抗はなく、彼は思いきって喉に流し込んでみた。

「あうう……、ダメよ、バカね……」

飲んでいるのに気づいた奈津子が言ったが、もういったん放たれた流れは止めようもなく、さらに勢いが増していった。

口から溢れた分が胸から腹へと心地よく伝い流れ、すっかり回復したペニスを温かく浸していった。

しかしピークを越えると、すぐに勢いは衰《おとろ》え、やがて流れは治まってしまった。

賢吾は余りの雫をすすり、割れ目内部を舐め回した。

すると新たに溢れた大量の愛液がヌラヌラと舌の動きを滑らかにさせ、淡い酸味が満ちて残尿も洗い流されてしまった。

「も、もうダメ……」

もう立っていられず、脚を下ろした奈津子は言うなり、クタクタと座り込んできてしまった。

それを抱き留め、もう一度賢吾は互いの全身を洗い流し、奈津子を支えながら立ち上がった。

そして身体を拭《ふ》き、全裸のまま布団へと戻っていった。

「ああ……、こんなの初めてよ……」

横になると、まだ奈津子は興奮覚めやらぬように彼を抱きすくめて言った。

「誰でもすることでしょう?」

「しないわ。オシッコしろなんて。それに、足の指やお尻を舐めたり……」

奈津子が、思い出したようにビクリと肌を震わせて言う。

してみると彼女の夫は、どこも舐めないつまらない男のようだった。

「ねえ、また出したい……」

賢吾は、甘えるように言った。

「私はもう充分だけど、じゃあと一回したら大人しく寝かせてね」

「ええ」

奈津子が言ってくれ、勃起したペニスを握ってきた。

「ここで揉《も》んであげる」

彼女が言って引っ張ると、賢吾は導かれるまま彼女の顔に跨がり、巨乳の谷間にペニスを置いた。

すると奈津子が両側から手を当て、オッパイでペニスを揉みしだいてくれたのだ。

しかも彼女は賢吾の股間に真下から熱い息を吐きかけ、陰嚢から肛門まで舐めてくれたのである。

「ああ、すごい……」

賢吾は激しい快感に喘いだ。

ペニスは柔らかな巨乳の谷間で揉みくちゃにされ、美女の舌先がヌルッと肛門にまで潜り込んで蠢くのだ。

その舌の刺激がペニスにまで連動し、たちまち彼は絶頂を迫らせた。

「い、いきそう……、もう一度入れたい……」

「いいわ、入れて……」

言うと奈津子も応じてくれ、賢吾は彼女の下半身へと移動した。

やはり、せっかくシャワーを浴びたばかりなのに、胸を汚すのも面倒だろう。

そして今度は正常位で股間を進め、急角度にそそり立った幹に指を添えて下向きにさせ、張りつめた亀頭を濡れた膣口に押し込んでいった。

「アアッ……！」

ヌルヌルッと一気に根元まで挿入すると、奈津子がビクッと顔を仰け反らせて喘ぎ、キュッと締め付けてきた。

賢吾も股間を密着させ、肉襞の摩擦と温もりを嚙み締めた。

しかし腹を気遣い、身を重ねるのは遠慮し、喘ぐ表情を見下ろすだけにした。

股間をぶつけるように前後させると、すぐにもクチュクチュと淫らに湿った摩擦音が響き、賢吾も急激に高まっていった。

「い、いく……」

「いいわ、きて……」

賢吾が言うと、もう奈津子もさっき充分に昇り詰めたらしく、焦《じ》らすことなくすぐに許してくれた。実際、そろそろ休んで眠りたいのだろう。

賢吾も我慢せず、すぐにオルガスムスに達し、温もりと快感の中で勢いよく射精した。

「アア……」

奈津子も噴出を感じて喘ぎ、キュッキュッと収縮させたが、さっきほど大きな快楽ではなかったようだ。

とにかく賢吾の駄目押しに付き合ってもらい、彼は心ゆくまで快感を嚙み締め、最後の一滴まで出し尽くした。

動きを止め、満足しながら呼吸を整えると、そっと引き抜いてティッシュで互いの股間を拭き清めた。

そして灯《あか》りを消して全裸のまま添い寝し、布団を掛けると、すぐにも奈津子は軽やかな寝息を立てはじめていた。

賢吾も三度の射精ですっかり心満たされ、今夜は眠ろうと努めた。朝起きたら、また出来るかも知れないのだ。

と、部屋に彼女のバッグが置かれ、口が開いてキイケースが覗《のぞ》いていた。

一つは車のキイだろうが、いくつかキイが並んでいるので、きっとその中にマンションの鍵もあるに違いない。

どうやら家に入れないと言ったのは嘘《うそ》で、奈津子は一人で帰る途中、賢吾の誘いを思い出し、その気になって引き返してくれたようだった。

まあ、それでなければこんなに燃えなかっただろう。

(また出来るといいな……)

賢吾は思い、眠っている奈津子の胸に縋り付いた。そして温もりと甘い匂いに包まれながら、うっとりと眠りに就いたのだった。

〈初出一覧〉

タフガイ柳田の憂鬱　草凪　優　『小説NON』二〇一五年十月号
課長の賭け　八神淳一　『小説NON』二〇一一年四月号
祈禱　西門　京　『小説NON』二〇一二年四月号
黒い瞳の誘惑　渡辺やよい　『小説NON』二〇一一年二月号
隣の若妻　櫻木　充　『小説NON』二〇一一年三月号
誘いのメロディ　小玉二三　『小説NON』二〇一一年四月号
魔女っ娘ロリリンの性的な冒険　森　奈津子　『小説NON』二〇一〇年十二月号
背徳マタニティ　睦月影郎　『小説NON』二〇一五年九月号

私にすべてを、捧げなさい。

一〇〇字書評

切り取り線

購買動機（新聞、雑誌名を記入するか、あるいは○をつけてください）	
□（　　　　　　　　　　）の広告を見て	
□（　　　　　　　　　　）の書評を見て	
□ 知人のすすめで	□ タイトルに惹かれて
□ カバーが良かったから	□ 内容が面白そうだから
□ 好きな作家だから	□ 好きな分野の本だから

・最近、最も感銘を受けた作品名をお書き下さい

・あなたのお好きな作家名をお書き下さい

・その他、ご要望がありましたらお書き下さい

住所	〒				
氏名		職業		年齢	
Eメール	※携帯には配信できません	新刊情報等のメール配信を 希望する・しない			

この本の感想を、編集部までお寄せいただけたらありがたく存じます。今後の企画の参考にさせていただきます。Eメールでも結構です。

いただいた「一〇〇字書評」は、新聞・雑誌等に紹介させていただくことがあります。その場合はお礼として特製図書カードを差し上げます。

前ページの原稿用紙に書評をお書きの上、切り取り、左記までお送り下さい。宛先の住所は不要です。

なお、ご記入いただいたお名前、ご住所等は、書評紹介の事前了解、謝礼のお届けのためだけに利用し、そのほかの目的のために利用することはありません。

〒一〇一・八七〇一
祥伝社文庫編集長 坂口芳和
電話 〇三（三二六五）二〇八〇

祥伝社ホームページの「ブックレビュー」からも、書き込めます。
http://www.shodensha.co.jp/bookreview/

祥伝社文庫

私《わたし》にすべてを、捧《ささ》げなさい。

平成27年10月20日　初版第1刷発行

著　者　草凪《くさなぎ》優《ゆう》　八神《やがみ》淳一《じゅんいち》　西門《さいもん》京《けい》　渡辺《わたなべ》やよい
櫻木《さくらぎ》充《みつる》　小玉《こだま》二三《ふみ》　森《もり》奈津子《なつこ》　睦月《むつき》影郎《かげろう》

発行者　竹内和芳

発行所　祥伝社《しょうでんしゃ》
東京都千代田区神田神保町3-3
〒101-8701
電話　03（3265）2081（販売部）
電話　03（3265）2080（編集部）
電話　03（3265）3622（業務部）
http://www.shodensha.co.jp/

印刷所　図書印刷
製本所　図書印刷
カバーフォーマットデザイン　芥 陽子

ISBN978-4-396-34155-8 C0193

祥伝社文庫の好評既刊

睦月影郎
甘えないで
ツンデレ女教師、熟《う》れた人妻、下宿先の美人母娘——美女たちとの蕩《とろ》ける一夜の果てには？　待望の傑作短編集。

睦月影郎
きむすめ開帳
男装の美女に女装で奉仕することを求められる、倒錯的な悦び!? さあ、召し上がれ……清らかな乙女たちを——

睦月影郎
蜜仕置《みつしおき》
突然迷い込んだ、傷ついた美しき女忍は、死んだ義姉に瓜二《うりふた》つ!? 無垢な男が手当てのお礼に受けたのは——。

睦月影郎
蜜双六《すごろく》
俄《にわか》に殿様になった正助《しょうすけ》の欲求は、あんなことやこんなこと。美女たちのめくるめく極上の奉仕を、味わい尽くす！

睦月影郎
蜜しぐれ
御家人の吉村《よしむら》伊三郎《いさぶろう》が助けた美少女は、神秘の力を持つ巫女だった！　この不思議な力の源とは一体!?

睦月影郎
みだれ桜
切腹を待つのみの無垢な美女剣士から死ぬ前に男を知りたいと迫られ、濃密なときを過ごした三吉《さんきち》だったが!?

祥伝社文庫の好評既刊

八神淳一　**艶同心**

へなちょこ同心と旗本の姫が、武家の弱みにつけ込む極悪を斬る！　鬼才が描く、情艶の時代官能小説、誕生！

森　奈津子　**かっこ悪くていいじゃない**

またしても不倫に嵌《は》まった美里、二十八歳。美貌の女性が現われて、バイセクシャルでもある美里は……。

南里征典ほか　**秘典**

南里征典・雨宮慶・丸茂ジュン・藍川京・長谷一樹・牧村僚・北原双治・安達瑶・子母澤類・館淳一

北沢拓也ほか　**秘戯《ひぎ》**

館淳一・牧村僚・長谷一樹・北山悦史・北原双治・東山都・子母澤類・みなみまき・内藤みか・北沢拓也

神崎京介ほか　**禁本**

神崎京介・藍川京・雨宮慶・睦月影郎・田中雅美・牧村僚・北原童夢・安達瑶・林葉直子・赤松光夫

牧村　僚ほか　**秘典たわむれ**

藍川京・牧村僚・雨宮慶・長谷一樹・子母澤類・北山悦史・みなみまき・北原双治・内藤みか・睦月影郎

祥伝社文庫　今月の新刊

内田康夫
汚れちまった道　上・下
中原中也の詩の謎とは？　萩・防府・長門を浅見が駆ける。

南　英男
癒着《ゆちゃく》　遊軍刑事《デカ》・三上謙《みかみけん》
政財界拉致事件とジャーナリスト殺しの接点とは!?

草凪　優／櫻木　充 他
私にすべてを、捧げなさい。
女の魔性が、魅惑の渦へと引きずりこむ官能アンソロジー。

鳥羽　亮
阿修羅《あしゅら》　首斬り雲十郎
刺客の得物は鎖鎌。届かぬ〝間合い〟に、どうする雲十郎！

野口　卓
遊び奉行　軍鶏《しゃも》侍外伝
南国・園瀬藩の危機に立ちむかった若様の八面六臂の活躍！

睦月影郎
とろけ桃
全てが正反対の義姉。熱に浮かされたとき、悪戯したら…。

辻堂　魁
秋しぐれ　風の市兵衛
再会した娘が子を宿していることを知った元関脇の父は…。

佐伯泰英
完本 **密命**　巻之七　初陣　霜夜炎返《そうやほむらがえ》し
享保の上覧剣術大試合、開催！　生死を賭けた倅の覚悟とは。